Reiner Engelmann

»ALODIA, DU BIST JETZT ALICE!«

Kinderraub und Zwangsadoption
im Nationalsozialismus

Reiner Engelmann wurde 1952 in Völkenroth geboren. Nach dem Studium der Sozialpädagogik war er im Schuldienst tätig, wo er sich besonders in den Bereichen der Leseförderung, der Gewaltprävention und der Kinder- und Menschenrechtsbildung starkmachte. Für Schulklassen und Erwachsene organisiert Reiner Engelmann regelmäßig Studienfahrten nach Auschwitz. Er ist Autor und Herausgeber zahlreicher Anthologien und Bücher zu gesellschaftlichen Brennpunktthemen.

Von Reiner Engelmann ist bei cbj bereits erschienen:
Der Fotograf von Auschwitz (15919)
Anschlag von rechts (17437)
Der Buchhalter von Auschwitz (16518)

Mehr zu cbj auf Instagram unter @hey_reader

REINER ENGELMANN

»Alodia, du bist jetzt Alice!«

Kinderraub und Zwangsadoption im Nationalsozialismus

cbt

Dieses Buch ist auch als E-Book erhältlich.

Unterrichtsmaterialien zu diesem Buch sind erhältlich
unter www.schullektuere.de

MIX
Papier aus verantwortungsvollen Quellen
FSC® C014496
www.fsc.org

Verlagsgruppe Random House FSC® N001967

1. Auflage 2019

Lektorat: Uwe-Michael Gutzschhahn
Bildnachweis: Alle Fotos stammen aus dem Privatarchiv
Alodia Witaszek-Napierala, mit Ausnahme
von S. 135: Privatarchiv Reiner Engelmann
Umschlaggestaltung: Geviert, Andrea Hollerieth
Motive: Foto © privat; Shutterstock (autsawin uttisin, ilolab)
aw · Herstellung: AJ
Satz und Reproduktion: Uhl + Massopust, Aalen
Druck: GGP Media GmbH, Pößneck
ISBN 978-3-570-31268-1
Printed in Germany

www.cbt-verlag.de

Niemand kann aus der Geschichte seines Volkes austreten. Man soll und darf die Vergangenheit nicht auf sich beruhen lassen, weil sie sonst auferstehen und zu neuer Gegenwärtigkeit werden könnte.

JEAN AMÉRY

Inhaltsverzeichnis

Vorwort

Es gehört zu den schlimmsten Verbrechen, die Menschen anderen Menschen antun können, wenn sie ihnen die Kinder rauben. Während der NS-Zeit ist das vieltausendfach geschehen. Der Raub von Kindern war gewollt und hatte System.

»Man sollte es nicht für möglich halten, dass diese Blonden und Blauäugigen polnisch sprechen!« Dieser Satz stammt aus einer Tagebuchaufzeichnung von Hans Frank*, dem Generalgouverneur des von der deutschen Wehrmacht besetzten Polen. Mit diesem Satz hatte er die »Eindeutschung« der genannten jungen Menschen im Sinn. Nach seiner Vorstellung sprachen sie nur die falsche Sprache, gehörten aber zur nordischen Rasse.

Doch nicht nur der SS-Mann* Frank, sondern allen voran Reichsminister Heinrich Himmler* wollte aus dem besetzten Polen Nachwuchs für das Deutsche Reich rekrutieren. Und auch die anderen osteuropäischen Länder sollten von seiner Idee nicht verschont bleiben.

Bereits 1938 kündigte er an, überall, wo das möglich sei, »germanisches Blut« zu rauben. Hinter dieser Ankündigung steckte die Überzeugung, dass die Kinder nach den vom Rasse- und Sicherheitshauptamt festgelegten Kriterien Germanen mit bestem Blut seien, »die wir nach

Deutschland holen und zu einem deutsch bewaffneten Germanen machen, ein Kämpfer für uns, auf der anderen Seite einer weniger«. (Heinrich Himmler)

Mit der Besetzung Polens begann der von ihm entwickelte und von seiner Behörde geplante Kinderraub. Kinder mit blonden Haaren und blauen Augen wurden ihren Eltern entrissen und zunächst in Auffanglager gesteckt. Viele kamen in das Kinder- und Jugendverwahrlager im Ghetto Litzmannstadt*. Dieses Lager war in Wirklichkeit ein Konzentrationslager für Minderjährige, weshalb es auch Klein-Auschwitz genannt wurde. Von dort wurden sie nach einigen Wochen auf verschiedene Heime verteilt.

Sämtliche Wurzeln zu ihren Familien wurden gekappt, niemand sollte ihre Spur verfolgen können. Das Ergebnis: Sowohl bei den Eltern als auch den Kindern blieben seelische Wunden zurück, die nie mehr verheilten.

In Heimen der Organisation Lebensborn* wurden die Kinder rigorosen Umerziehungsprogrammen unterworfen. Sie sollten für hitlerfreundliche Familien gefügig gemacht werden.

Eine genaue Zahl, wie viele Kinder auf diese Weise geraubt wurden, gibt es nicht. Schätzungen gehen aber davon aus, dass es bis zu 200 000 Blonde und Blauäugige im Alter zwischen sechs Monaten und zwölf Jahren waren.

Die SS-Führung betrachtete diese Kinder als Bevölkerungszuwachs für das Deutsche Reich. Die Jungen sollten stramme Soldaten in der Wehrmacht werden, die Mädchen dem Führer Kinder schenken.

Die Geschichte von Alodia Witaszek und ihrer Schwester Daria zeigt beispielhaft, welche Leidenswege die Kinder durchmachten.

Kinder, die spielen, lachen, lernen und die Welt für sich entdecken wollten, wurden ihrer Familie und ihrer Identität gewaltsam beraubt.

Reiner Engelmann, Januar 2019

Teil I

Gitter

Kein Vormarsch ist so schwer
wie der zurück zur Vernunft.

Bertolt Brecht

Prolog

So war es geplant!

In vielen von Deutschland besetzten Städten Polens wurden Eltern oder Verwandte aufgefordert, ihre Kinder zur Gesundheitsprüfung bei einem Arzt einer SS-Dienststelle zu bringen. Mit dieser Maßnahme wolle man ansteckende Krankheiten oder gar Seuchen frühzeitig erkennen und vorbeugend handeln. Meist arglos kamen die Familien der Aufforderung nach. Ihre Kinder waren ja nicht krank. Doch es ging überhaupt nicht um Vorsorgemaßnahmen, dahinter verbarg sich vielmehr ein perfider, ausgeklügelter Plan.

1. Schritt

Die Ärzte waren keine Ärzte, sondern Mitarbeiter des Rasse- und Siedlungshauptamtes der SS*. Die weißen Kittel, die sie bei der Untersuchung trugen, waren Tarnung. Nach vorgegebenen Rassemerkmalen wurden die Kinder gewogen, vermessen und schließlich den Untersuchungsergebnissen entsprechend in »rassisch wertvoll«, »nicht arisch« oder »judenverdächtig« eingeteilt.

2. Schritt
Die als »rassisch wertvoll« ausgewählten Kinder kamen nach Litzmannstadt in das Kinder- und Jugendverwahrlager, das neben seiner Funktion als Kinderkonzentrations- und Arbeitslager auch als Sammelstelle für diese ausgewählten Kinder diente. Hier wurden ihnen bereits erste Kenntnisse der deutschen Sprache vermittelt.

3. Schritt
Von Litzmannstadt aus wurden sie zur Vorbereitung auf ihre Germanisierung in verschiedene Heime gebracht, die sich noch auf ehemaligem polnischem Hoheitsgebiet befanden. Zu den Vorbereitungen gehörte unter anderem die Änderung der Identität, um zu verhindern, dass Angehörige jemals die Spur eines Kindes nachverfolgen könnten.

Des Weiteren stand das Erlernen der deutschen Sprache im Mittelpunkt. Wer in dem Lager aus Versehen etwas in seiner Muttersprache sagte, wurde dafür hart bestraft. Nach einiger Zeit wurden Gutachten über die Kinder angefertigt, und wer den Vermerk »für den Einsatz geeignet« erhielt, wurde verlegt.

4. Schritt
Die Kinder wurden in Heimen in Deutschland untergebracht, bevorzugt in Kinderheimen der Organisation »Lebensborn«*. Hier standen Gehorsam, Ordnung, Fleiß und das Einschwören auf den Führerkult der Nazis

im Zentrum der Erziehungsmaßnahmen. Ältere Kinder mussten den Lebenslauf Adolf Hitlers auswendig lernen.

5. Schritt
Sonntags war »Kinderbasar«. Potenzielle Pflege- oder Adoptiveltern kamen in die Heime und durften sich unter den vielen Waisenkindern eines für die eigene Familie aussuchen oder man wies ihnen eines zu. Dass es gar keine Waisen waren, sondern Kinder, die ihren Eltern geraubt wurden, wurde natürlich verschwiegen.

Der Plan von Heinrich Himmler schien aufzugehen. Die arische Rasse sollte durch den Raub von Kindern, die den Vorstellungen der NS-Führung von einem nordischen Menschentypus entsprachen, verstärkt werden. Selbst in einem Völkergemisch glaubte Himmler noch reines Blut zu finden.

Der Raub von Kindern begann nach der Eroberung Polens. Doch die SS führte auch Raubzüge in Slowenien, Tschechien, Norwegen und der Sowjetunion durch. »Rassisch wertvolle« Kinder wurden in all diesen Ländern gewaltsam von ihren Eltern getrennt und in Heimen »germanisiert«.

Verhaftungen

Es war ein kalter Winterabend an diesem 15. Januar 1943. Seit Wochen hatte der Frost die Stadt fest im Griff. Eisblumen überzogen die Fensterscheiben der meist schlecht beheizten Wohnungen.

Die Straßen wurden von SS-Männern beherrscht, die in kleinen Gruppen marschierten oder mit ihren Autos unterwegs waren. Meist waren sie auf der Suche nach Mitgliedern der polnischen Widerstandsbewegung und deren Angehörigen. Andere SS-Leute forderten polnische Familien, die noch in großen Wohnungen oder Häusern wohnten, auf, binnen weniger Stunden ihr Zuhause zu verlassen und in eine Wohnung umzuziehen, die man ihnen zuwies. Die Häuser wurden danach von den Deutschen in Beschlag genommen. Es fanden aber auch willkürliche Verhaftungen in der polnischen Bevölkerung statt, entweder auf offener Straße oder die SS-Männer drangen in Wohnungen ein und führten die Menschen ab.

Auch Halina Witaszek war, nachdem ihr Mann vor fast zehn Monaten verhaftet wurde, an diesem Abend mit ihren fünf Kindern allein in der Wohnung, sofern man den winzigen Raum, den man ihr zugewiesen hatte, überhaupt als Wohnung bezeichnen konnte. Er war Wohnzimmer, Schlafzimmer und Kinderzimmer in einem. Selbst die Küche war zu klein, um dort gemeinsam essen zu können.

Das Haus, das sie einmal besaßen, hatten sie verlassen müssen. Es war ein geräumiges Haus mit vielen Zimmern, schönen Möbeln und einer großen Bibliothek gewesen. Franciszek Witaszek, Halinas Mann, war stolz auf seine Büchersammlung gewesen. Regelmäßig zog er sich dorthin zurück, um seine Vorlesungen vorzubereiten. Franciszek war nicht nur Arzt, sondern hatte sich auch als Wissenschaftler im Bereich Gesundheit einen Namen gemacht

Familie Witaszek, Herbst 1941, vorne links Alodia, rechts daneben Iwona und Mariola, dahinter Halina Witaszek, schwanger mit ihrem Sohn Krysztoph, und ihr Mann Franciszek mit Daria auf dem Arm

und einen Lehrauftrag an der Universität in Posen angenommen.

Seit die Wehrmacht im Polenfeldzug am 10. September 1939 Posen besetzt hatte, war die polnische Bevölkerung systematischem Terror ausgesetzt. Tag für Tag gab es unzählige Hinrichtungen unter der Zivilbevölkerung, massenhaft wurden Menschen festgenommen und in das Lager Fort VII* gebracht, wo die meisten von ihnen den Tod fanden. Fort VII war ein Konzentrationslager auf dem Gelände der Stadt.

Dagegen waren die Vertreibungen aus den eigenen vier Wänden noch vergleichsweise harmlos. Familie Witaszek hatte kurz vor Weihnachten 1939 die Aufforderung erhalten, ihr Haus zu verlassen. Zugewiesen wurde ihnen die Einzimmerwohnung, in der sie seither zu sechst hausten. Die meisten Möbel und vor allem die Bücher hatten sie zurücklassen müssen. Allein der Kleiderschrank, die Betten und die Matratzen beanspruchten fast die gesamte Fläche ihrer neuen Behausung.

Gegen 22 Uhr hörte Halina Witaszek laute Schritte auf der Holztreppe. Sie näherten sich im Gleichschritt der Wohnung. Mariola, die älteste Tochter, war noch wach, und auch der kleine Krysztoph spielte noch leise in einer Ecke, um die drei schlafenden Schwestern nicht zu stören.

Dann ertönten ein lautes Klopfen und der Ruf »Aufmachen«. Ängstlich öffnete Halina Witaszek die Tür. Draußen standen drei Gestapo*-Männer und befahlen ihr, sich etwas anzuziehen und mitzukommen.

Einen der Männer erkannte sie wieder. Sie wusste zwar nicht den Namen, doch sein Gesicht war ihr noch in schrecklicher Erinnerung. Er war der Lagerführer von Fort VII, dem Konzentrationslager Posen, in das man sie bei ihrer Verhaftung im April des Vorjahrs gesteckt hatte. Er war es gewesen, der beim Verhör die Fragen stellte, der aufbrauste, wenn er nicht die gewünschten Antworten erhielt, und über den sie später von anderen ehemaligen Gefangenen erfahren hatte, dass er schlug oder Folterungen und Hinrichtungen anordnete. Mit einem Mal kehrten die Bilder vom vergangenen Jahr wieder zurück.

Die Zelle, in die sie eingesperrt worden war, hatte sich zusehends gefüllt. Immer neue Frauen wurden eingeliefert, von denen sie einige kannte, andere nicht. Doch es schien irgendwelche Verbindungen zu geben. Alle schienen ihren Mann zu kennen.

Damals hatte sie nicht gewusst, warum sie verhaftet wurde. War es reine Schikane der Deutschen oder gab es einen bestimmten Grund für ihre Festnahme? Aber was hatte sie getan? Sie war Mutter von fünf Kindern, die von ihr und einem Kindermädchen erzogen wurden. Das war Arbeit genug! Für andere Dinge hatte es gar keine Zeit gegeben. Gut, dass das Kindermädchen da gewesen war, um die Kinder zu versorgen. Auf sie hatte sich Halina immer verlassen können.

Halina Witaszek hatte auch nicht gewusst, warum ihr Mann verhaftet wurde. Was warf man ihm vor? Seine Lehrtätigkeit hatte er aufgeben müssen, weil die Universität von den deutschen Besatzern geschlossen wurde. Um seine Familie ernähren zu können, hatte er eine Arztpraxis eröffnet. Zu Patienten, die weiter entfernt wohnten, war er mit dem Fahrrad gefahren. Die Straßenbahn durfte er nicht benutzen. NUR FÜR DEUTSCHE, lautete die strenge Regel, die auf Schildern an den Haltestellen und an den Zügen zu lesen stand.

An manchen Abenden hatte Halina Angst gehabt, wenn er noch so spät mit dem Fahrrad in der Stadt unterwegs war. Sie wusste, dass ihr Mann, ein Gelehrter, ein Wissenschaftler, in den Augen der Deutschen eine Gefahr war. Angehörige der polnischen Intelligenz wurden von den Besatzern gezielt verfolgt und häufig ermordet. Sie sollten komplett vernichtet werden. Das war das Ziel.

Aber Franciszek Witaszek war ein pflichtbewusster Arzt. Wenn er von seinen Patienten gerufen wurde, war er zur Stelle gewesen. Auch nachts.

Wenige Wochen nach ihrer Festnahme hatte man Halina Witaszek wieder entlassen – ohne Begründung. Einfach so.

Doch nun waren die Deutschen erneut da und holten sie ab. Zeit zum Nachdenken über die Gründe hatte Halina nicht, zu groß war die Sorge um ihre Kinder.

Von der Unruhe waren auch die drei Mädchen wach geworden. Sie weinten und flehten: »Lasst uns unsere Mama!«

»Soll ich die Nachbarin verständigen, damit sie sich um

die Kinder kümmert?« Die Vorstellung, die Kinder allein zurücklassen zu müssen, war für Halina unerträglich.

Der Lagerleiter nickte kurz, und es gelang ihr mit der Nachbarin, die Kinder ein wenig zu beruhigen. Großmutter Pawlowska, wie sie die Nachbarin liebevoll nannten, war eine gütige Frau.

»Vielleicht komme ich ja schon bald wieder,« redete Halina auf die Kinder ein, obwohl sie Angst hatte, womöglich nie mehr zurückzukommen.

»Mach es deinen Kindern nicht so schwer!«, riet ihr der Lagerführer und forderte sie auf, endlich mitzukommen.

Kurz vor dem Verlassen des Zimmers fiel ihr Blick auf das Bild der Mutter Gottes. Sie wollen, dass ich nicht zurückkomme, aber du bringst mich zu den Kindern zurück, sagte sie in Gedanken.

Es war ein schmerzhafter Abschied. Reihum schaute sie die Kinder noch einmal an, dann musste sie den drei Männern folgen.

Auf der gegenüberliegenden Straßenseite stand das SS-Auto, und kurz nachdem sie eingestiegen war, brachten die Männer noch eine weitere Frau: Halina, ihre Freundin und Namensvetterin. Auch ihr Mann war zusammen mit Franciszek Witaszek verhaftet worden.

Die beiden nahmen sich an den Händen. Was würde mit ihnen geschehen?

Widerstand

Es war keine leichte Entscheidung, die Franciszek Witaszek treffen musste. Tagelang, ja wochenlang kreiste der Gedanke in seinem Kopf und ließ ihn nicht mehr los. Er musste sich festlegen, sich entscheiden. Noch nie hatte er sich so einsam gefühlt.

Nach außen hin wirkte er wie immer. Wenn er von seinen Patienten gerufen wurde, war er stets zuverlässig zur Stelle. Oft war er bis spät in der Nacht unterwegs, half Frauen, ihre Kinder zu entbinden, kümmerte sich um alte und gebrechliche Menschen, indem er sie nicht nur medizinisch versorgte, sondern ihnen auch Mut machte, Zuversicht vermittelte. Probleme bereitete ihm, dass er für viele seiner Patienten keine Medikamente zur Verfügung hatte, denn die waren knapp. So musste er auf alte Hausmittel zurückgreifen, wohl wissend, dass sie für viele nicht ausreichen würden.

Franciszek Witaszek hatte sich bewusst für seinen Beruf entschieden, er wollte sich für die Erhaltung von Leben einsetzen. Das klang, wenn er im Freundeskreis über seine Arbeit sprach, etwas pathetisch, doch genau in dieser Aufgabe sah er den Sinn seines Lebens. Er hatte den hippokratischen Eid* geschworen, der die Basis für seinen Beruf war. Nach der Ausbildung zum Arzt hatte er in den

Labors der Universität geforscht und einen Lehrauftrag bekommen. Doch die polnischen Universitäten wurden schon bald von der deutschen Besatzung geschlossen.

Franciszek Witaszek war auch Katholik. Die Religion, die Zehn Gebote, standen für ihn über allem. Der Gedanke daran, er könnte gegen sie verstoßen, schmerzte ihn sehr. Er wollte sich einfach nicht vorstellen, dass durch seine Mitwirkung im Widerstand gegen die Deutschen Menschen starben. Zum ersten Mal in seinem Leben war er froh darüber gewesen, dass er aufgrund eines Herzfehlers nicht in die Armee eingezogen werden konnte. Die Arbeit in einem Lazarett entsprach deutlich mehr seinen

Halina und Franciszek Witaszek

Vorstellungen, auch wenn er lieber in einem Hospital gearbeitet oder an der Erforschung von Behandlungsmethoden für Krankheiten gearbeitet hätte, die immer noch schwer heilbar waren. Der Krieg warf viele solcher Vorhaben über den Haufen.

Wenn er zu Hause war, spielte er mit seinen Kindern, sang mit ihnen Lieder, die er noch aus seiner Kindheit kannte. Und vor allem war da auch seine Frau, die er schon seit so vielen Jahren liebte. Sie waren fünfzehn gewesen, als sie einander trafen, und seitdem ein unzertrennliches Paar. Sie waren vertraut miteinander und alle wichtigen Dinge besprachen und entschieden sie immer gemeinsam.

Doch über den Gedanken, der ihn seit geraumer Zeit beschäftigte, konnte und durfte er nicht mit ihr reden.

Franciszek Witaszek entschied sich, den Weg allein zu gehen, ohne seine Frau. Er tat sich mit Kollegen von der Universität und einigen guten Freunden zusammen. Anfang 1940 gründeten sie eine Widerstandsgruppe, die nach seinem Namen benannt wurde – die Gruppe Witaszek.

Die Gründe für diesen Schritt lassen sich rückblickend nur erahnen. War es die Schließung der Universität, mit der ihm die Grundlage für seine Forschungs- und Lehrtätigkeit entzogen wurde? Doch er dachte weiter, sah nicht nur seine persönliche Karriere in Gefahr. Das ganze Land würde in allen Wissenschaftsbereichen zurückgeworfen werden.

Mit Entsetzen reagierte er auch auf die Schließung der polnischen Schulen. Sie sollten durch deutsche Volksschulen ersetzt werden. Hatte er von Himmlers Posener Rede gehört, in der dieser forderte, eine vierjährige Volksschulzeit für polnische Kinder sei ausreichend? Im Zahlenbereich bis fünfhundert sollten sie rechnen lernen und auch ihren Namen schreiben können, doch ansonsten sei es ihre Pflicht, den Anweisungen der Deutschen Folge zu leisten. Eltern, die eine höhere Schulbildung für ihre Kinder vorsahen, mussten bei oberen SS-Dienststellen einen Antrag stellen. Nicht die Leistungen sollten bei der Entscheidung im Mittelpunkt stehen, sondern einzig und

Franciszek Witaszek

allein die Tatsache, ob die Kinder der arischen Rasse entsprachen. Solche Kinder sollten dann für immer von ihren Eltern getrennt und in Deutschland unterrichtet werden.

Wie oft dachte er gerade in diesen Tagen und Wochen an seine eigenen Kinder? Welche Zukunft hatten sie noch in Polen?

Wenn er mit dem Fahrrad in der Stadt unterwegs war, bekam er oft mit, wie Menschen auf offener Straße verhaftet oder erschossen wurden. Er wusste von dem Lager Fort VII, in das täglich Menschen eingesperrt wurden, wo man sie folterte und umbrachte.

Sollte er tatenlos zusehen, wie sich um ihn herum die Lebenssituation der Menschen täglich verschlechterte? Nicht nur Freiheitsberaubung und willkürliche Hinrichtungen stellten eine Gefahr für die Menschen dar, es gab auch zu wenig Lebensmittel. Viele verhungerten. Besonders betroffen waren alte Menschen, Kranke und kleine Kinder. Andere starben an leichten Infekten wie Erkältung oder Grippe, weil ihre Körper nicht mehr die notwendigen Abwehrkräfte besaßen. Die spärlichen Medikamente, die es gab, dienten in erster Linie zur Behandlung der deutschen Bevölkerung, die nach und nach in der Stadt angesiedelt wurde. Es waren insbesondere Deutschbalten*, die sich hier niederließen.

Franciszek wollte nicht tatenlos zusehen, obwohl ihn das Gewissen plagte, wenn er dran dachte, dass auch durch die Aktionen seiner Widerstandsgruppe Menschen umkamen.

Und es starben etliche. »Für den Führer und das Vaterland gefallen«, wie die einzige deutsche, von Julius Streicher* herausgegebene Wochenzeitung »Der Stürmer*« in ihren Nachrufen über deutsche Soldaten, die von Polen an die Ostfront geschickt werden sollten, berichtete. Franciszek Witaszek wusste, dass sie nicht im Kugelhagel gestorben waren, sondern an Fleckfieber. Das war ein Beitrag der Widerstandsgruppe. Sie hatten den Soldaten entsprechende Injektionen verabreicht.

In einem Labor entwickelten sie verschiedene chemische Stoffe, die sie gegen die Besatzer einsetzten. Hühner, die für den Export nach Deutschland oder an die Front bestimmt waren, bekamen vergiftetes Futter. Die Gruppe entwickelte einen flüssigen Wirkstoff, der, wenn er Benzin beigemischt wurde, nach kurzer Zeit die Tanks der Militärfahrzeuge zerstörte. Nagelbretter auf den Straßen ruinierten die Reifen der Fahrzeuge des Feindes.

In einem Restaurant, in dem die Soldaten ihren Abschied feierten, bevor sie zur Front geschickt wurden, mischte ein Kellner, der zur Gruppe gehörte, Krankheitserreger in die Getränke, und nach wenigen Tagen starben die Soldaten an Typhus.

Auch Pferde wurden, bevor sie an die Ostfront transportiert werden sollten, mit einem Stoff geimpft, der sie für den Einsatz an der Front untauglich machte. In Militärkrankenhäusern rieben Mitglieder der Widerstandsgruppe die Handläufe der Treppen mit bakterienverseuchten Mitteln ein, sodass auch dort potenzielle Soldaten, die für die Ostfront vorgesehen waren, erkrankten, weshalb ihr Einsatz zumindest verschoben werden musste.

An Gleisen, auf denen Züge deutsche Soldaten an die Ostfront bringen sollten, platzierten sie Sprengladungen. Sie sprengten auch Brücken und Straßenabschnitte, die für den Nachschub von Rüstungsmaterial bedeutend waren.

Besonders nach solchen Sprengstoffanschlägen musste die Gruppe äußerst vorsichtig sein und sofort in den normalen Alltag zurückkehren, denn die Gestapo verstärkte an solchen Tagen ihre Kontrollen auf der Suche nach den Attentätern. Oftmals wurden auch wahllos Menschen verantwortlich gemacht und ohne Prozess hingerichtet.

Das waren die schmerzlichsten Erfahrungen, die der Widerstandskämpfer Franciszek Witaszek machte. Doch bei der Planung ihrer Aktionen hatten sie eingerechnet, dass die Besatzer auch unschuldige Menschen zur Rechenschaft ziehen könnten. Aber noch eine weitere Frage beschäftigte die Gruppe. Sie war in der Zwischenzeit auf dreißig Mitglieder angewachsen.

Waren wirklich alle zuverlässig? Konnte man jedem vertrauen? Hielt sich jeder an die Abmachung, mit Außenstehenden nicht über ihre Aktionen zu reden? Auch nicht mit dem Ehepartner oder mit anderen Familienmitgliedern! Nicht einmal über die Existenz der Widerstandsgruppe sollten sie mit den Menschen, die ihnen nahestanden, reden! Es durfte keine undichte Stelle geben, sonst war die ganze Gruppe in Gefahr.

Und doch muss es so eine undichte Stelle gegeben

haben. Jemand muss sie unmittelbar nach einem Anschlag verraten haben. Und es muss ein Insider gewesen sein, einer, der alle aus der Gruppe kannte.

Im April 1942 wurden nicht nur sämtliche Gruppenmitglieder verhaftet, sondern auch deren Familienangehörige. Ehefrauen, Ehemänner, Eltern, Geschwister, ja sogar Kinder.

Dass auch Halina verhaftet wurde, wusste Franciszek nicht. Er hatte darauf gehofft, dass sie und die Kinder verschont bleiben würden.

Während man die Kinder zunächst in Heimen unterbrachte, wurden die Mitglieder der Widerstandsgruppe selbst und ihre sonstigen Angehörigen im Lager Fort VII eingesperrt.

Die Angehörigen wussten bei ihren Verhören nichts über die Widerstandsgruppe und ihre Anschläge zu sagen. Sie hatten nicht einmal einen Verdacht, warum sie festgenommen wurden und was man ihnen vorwarf. Einige von ihnen, darunter auch Halina, wurden nach einigen Wochen wieder entlassen.

Nach monatelangen Verhören und Folterungen unterbreitete die Gestapo den Mitgliedern der Widerstandsgruppe einen Vorschlag. Sie sollten sich schriftlich dazu verpflichten, ab sofort für die Deutschen zu arbeiten. Welche Konsequenzen eine Unterschriftsverweigerung hätte, wurde ihnen nicht eröffnet.

Am 8. Januar 1943 wurden zunächst vier Mitglieder der Widerstandsgruppe aus ihren Zellen geholt, erst zwei

Männer, später zwei Frauen. Franciszek Witaszek war einer der vier. Er sang ein Lied, als er zusammen mit den anderen über den Hof geführt wurde: »An deiner Tür stehe ich, Herr«. Ob er ahnte, was ihm bevorstand? Die Wachen führten sie in einen unterirdischen Bunker, der mit grellem Neonlicht beleuchtet war. Ein Gestapo-Beamter, der die Rolle eines Richters einnahm, verlangte von den Beschuldigten, sie sollten in den Vorschlag einwilligen.

Doch niemand unterschrieb die vorbereitete Erklärung. Daraufhin wurde das Urteil verlesen: Tod durch den Strang.

»Nach euch kommen eure Ehefrauen und -männer dran, eure Geschwister, eure Eltern und zum Schluss eure Kinder«, verkündete ihnen der Richter am Schluss.

Die vier Urteile wurden sofort vollstreckt.

Franciszek Witaszek und drei seiner Kollegen wurde nach ihrem Tod der Kopf abgetrennt. Die Köpfe sollten zu Untersuchungszwecken an die forensische Abteilung der Universitätsklinik nach Berlin gebracht werden. Die vier Personen waren in Polen hoch angesehene Wissenschaftler gewesen, in den Augen der Deutschen aber nur Polen. Bei der Untersuchung ihrer Gehirne sollte ihre tatsächliche Intelligenz festgestellt werden.

Durch einen Zufall verblieben sie jedoch in Posen, wo sie später entdeckt wurden.

Auch die anderen Mitglieder der Widerstandsgruppe, darunter sechs Frauen, wurden am gleichen Tag hingerichtet.

Onkel Antoni

Irgendwann in der Nacht schaffte es Großmutter Pawlowska, die Kinder zu beruhigen und zum Schlafen zu bringen. Vermutlich von Träumen geplagt, wälzten sie sich im Bett hin und her. Frau Pawlowska tat in dieser Nacht kein Auge zu. Sie war sich sicher, dass die Mutter der Kinder nicht mehr zurückkommen würde, denn sie hatte die Entschlossenheit des Lagerführers gesehen, als er Halina abführte.

Am Morgen verständigte sie Antoni, einen Onkel der Mutter, der in Posen lebte, und auch Halinas Bruder Zygmunt in Ostrów-Großpolen. Antoni machte sich sofort auf den Weg. Realistisch, wie er war, glaubte auch er nicht, dass seine Nichte so bald zurückkommen würde.

Deshalb musste er entscheiden, was mit den Kindern geschehen sollte. Alle Kinder konnten er und seine Frau Mala nicht bei sich aufnehmen. Dafür war ihre Wohnung zu klein. Aber es gab noch einen weiteren Grund für eine Aufteilung. Onkel Antoni wollte verhindern, dass die Gestapo auch die Kinder in ein Lager brachte. Es waren nicht nur Gerüchte, dass die Nazis polnische Kinder raubten, er hatte sogar von konkreten Fällen gehört. Also schien es ihm sicherer, die Kinder seiner Nichte Halina auf verschiedene Verwandte zu verteilen.

Die beiden ältesten Mädchen, Mariola und Iwona, sollte Halinas Bruder Witold in Kielce übernehmen. Die beiden lebten sich dort schnell ein, gingen zur Schule und hatten auch bald neue Freundinnen. Trotzdem vermissten sie ihre Mutter und ihre Geschwister. Dass sie bis März 1945 bei Onkel Witold und seiner Frau bleiben sollten, hätte anfangs niemand gedacht. Als endlich der westliche Teil Polens von den Nazis befreit war, wurden die beiden zu Zygmunt nach Ostrów-Großpolen gebracht. Dort lebte inzwischen ihr kleiner Bruder Krysztoph.

Antoni und seine Frau Mala nahmen Alodia und Daria bei sich in Posen auf. Natürlich war es für Alodia und ihre

Alodia (links) und Daria (rechts) im Frühjahr 1943

kleine Schwester eine Umstellung, nicht mehr mit den anderen Geschwistern zusammen zu sein. Und sie vermissten ihre Mutter, besonders abends und in der Nacht. Doch sie ließen sich von Onkel Antoni und Tante Mala trösten. »Sie kommt sicher bald zurück,« redeten die zwei den Kindern ein.

Im Februar bekam Onkel Antoni die Aufforderung, mit den beiden Mädchen zur Dienststelle der Gestapo, Abteilung »Rasseamt« zu kommen.

Er war erleichtert, als sie das Gebäude nach ein paar Stunden wieder verlassen konnten. Ein Mann in weißem Kittel, von dem Antoni vermutete, er sei Arzt, hatte die Kinder lediglich gemessen und untersucht. Größe, Augen- und Haarfarbe, Körperbau. Er maß den Abstand zwischen ihren Augen, die Breite ihrer Nasen, begutachtete die Schädelform und trug alles in eine Tabelle ein. Während er das tat, hatte er, wie der Onkel sich später erinnerte, geäußert, dass sie aufgrund ihres Aussehens, ihrer blauen Augen und vor allem wegen der blonden Haare und ihrer körperlichen Konstitution der nordischen Rasse angehörten. Noch hatte Onkel Antoni keine Ahnung, was ihm der vermeintliche SS-Arzt damit sagen wollte. Er fragte auch nicht weiter, sondern war einfach nur froh, mit den Kindern nach Hause gehen zu können.

Dieser angebliche Arzt sah aber sehr gute Möglichkeiten, dass die beiden Mädchen, Alodia mit ihren fünfeinhalb und Daria mit ihren vier Jahren, schnell eine deutsche Adoptivfamilie finden würden.

In den folgenden Wochen fotografierte Antoni die beiden. Bilder, die er einmal seiner Nichte Halina, der Mutter der zwei, geben wollte. Wenn sie schon nicht bei ihren Kindern sein konnte, dann sollte sie wenigstens auf den Fotos sehen, dass es ihnen gut ging.

Den ganzen Sommer über lebten sich die Kinder bei Onkel und Tante ein. Antoni und Mala waren für sie da, spielten mit ihnen und manchmal machten sie auch kleine Ausflüge. An die Untersuchungen beim Rasseamt dachten die Mädchen nicht mehr.

Doch am 9. September 1943 kamen Gestapo-Beamte ins Haus. Onkel Antoni solle mit den beiden noch einmal zur Gestapo kommen. Zunächst versuchten er und seine Frau, sich zu weigern, doch schließlich mussten sie den Drohungen der Männer nachgeben. Man würde die Kinder auch abholen lassen, kündigten sie für den Fall der Weigerung an.

Bei der Gestapo wurden die Kinder aufgefordert, sich einen Film anzuschauen. In dem Film marschierten Soldaten zur Marschmusik. So wurden die Mädchen abgelenkt und bekamen nicht mit, dass Onkel Antoni und Tante Mala den Raum verlassen mussten. Ein Gestapo-Beamter forderte die Erwachsenen unmissverständlich dazu auf, als sie sich gegen die Anordnung wehrten und sagten, ohne die Kinder würden sie nicht gehen.

»Die Kinder bleiben hier!«, hieß es streng.

Onkel Antoni und seine Frau Mala wollten zunächst nicht glauben, was sie gehört hatten. Sie konnten die Kinder doch nicht allein zurücklassen! Auf ihre Nachfrage, was mit ihnen geschehe, erhielten sie keine eindeutige Antwort. Dafür gab man ihnen zu verstehen, unverzüglich nach Hause zu gehen.

Der Gestapo-Beamte – das konnten weder Onkel noch Tante wissen – folgte damit den klaren Anweisungen von Heinrich Himmler, der angeordnet hatte, »Kinder guten Blutes auszusieben«, sie »umzuvolken« und »einzudeutschen«. Ein unheilvoller Weg zeichnete sich für die beiden Mädchen ab.

In der polnischen Untergrundbewegung wurde der Vorfall bekannt. Man rechnete damit, dass auch die drei anderen Geschwister in Gefahr sein könnten, und schmiedete einen Plan, diese zu retten. Mit Geld und Familienschmuck ließ sich ein Gestapo-Beamter bestechen und strich die drei Geschwister von der Liste derer, die für die Germanisierung vorgesehen waren.

Alodia und Daria waren allein in dem Raum und schauten sich immer noch den Film an. Sie hatten nicht gemerkt, dass Onkel Antoni und Tante Mala weg waren.

Doch die Mädchen waren nur für kurze Zeit allein. Nach und nach kamen weitere Kinder dazu, Kinder, die sie zum Teil kannten. Es waren die Kinder der Männer aus der Widerstandsgruppe, der auch ihr Vater angehörte. Doch davon wussten sie natürlich nichts, sie kannten die anderen nur von Besuchen, gemeinsamen Spielen und Ausflügen.

Fort VII

Halina Witaszek und ihre Freundin wurden zu ihren ersten Verhören offenbar in eine Kaserne gebracht. Trotz der späten Stunde und der Kälte war viel Verkehr auf den Straßen. Durch die Seitenfenster des Autos sahen sie an verschiedenen Stellen Gestapo-Männer in Zivil, die aber trotzdem leicht zu erkennen waren. Wer unerlaubt unterwegs war, wurde sofort festgenommen.

In der Kaserne angekommen, mussten sich die beiden Frauen im Korridor des Bürogebäudes getrennt voneinander auf eine Bank setzen, jede an einem Ende, damit sie sich nicht unterhalten konnten. Durch die Glastür im hinteren Teil des Flurs konnten sie sehen, wie Männer mit erhobenen Händen an der Wand standen. Ein beleibter Gestapo-Mann schien sie anzuschreien. Wild gestikulierend stand er hinter ihnen, seine dröhnende Stimme drang bis hinaus auf den Flur, nur die Worte verstanden Halina und ihre Freundin nicht.

Als sie schließlich in ein Büro geführt wurden, fragte der Gestapo-Beamte den Wachmann: »Was hat sie mit den Kindern gemacht?«, und blickte dabei auf Halina. Offenbar kannte er ihre Familienverhältnisse. Eine wegwerfende Handbewegung des Wachmanns war die Antwort.

Halina Witaszek schaute sich in dem Raum um. Sie und ihre Freundin waren nicht die einzigen dort. Weitere Frauen saßen auf Stühlen hinter ihnen. Mit Entsetzen stellte sie fest, dass sie alle kannte. Es waren Ehefrauen von Kollegen und Freunden ihres Mannes.

Die Frauen waren erstaunt, dass sie nicht verhört wurden. Sie rechneten fest damit, befragt zu werden, entweder einzeln oder gemeinsam. Stattdessen überprüfte der Beamte lediglich den Inhalt ihrer Handtaschen. Medaillons, Kettenanhänger, Ringe oder sonstiger Schmuck, den er aus den Taschen hervorkramte, warf er wütend und kopfschüttelnd auf die Tischplatte. Was hatte er zu finden erwartet? Etwa Waffen? Oder war ihm der Schmuck nur nicht wertvoll genug, um ihn an sich zu nehmen und der eigenen Frau oder Freundin zu schenken?

Schließlich gab er dem Wachmann ein Zeichen, die Frauen abzuführen. Halina wurde in eine Zelle im Keller gesperrt. Es gab dort nur einen Schlafplatz, das erkannte sie noch, als sie in den Raum geführt wurde. Dann wurde es dunkel und sie konnte sich nur noch tastend vorwärtsbewegen. Schon nach kurzer Zeit brachten die Wachen weitere Frauen in die Zelle. Erst am Morgen, als spärliches Tageslicht durch das vergitterte Fenster fiel, bestätigte sich Halinas Vermutung, die sie schon in der Nacht angestellt hatte. Es waren die Ehefrauen der Kollegen und Freunde ihres Mannes, die sie bereits in dem Gestapo-Büro gesehen hatte. Keine der Frauen wusste, warum man sie verhaftet hatte. Wollten die Deutschen die polnische Intelligenz, zu der sie ganz sicher zählten, mundtot machen, sie komplett ausschalten? Es hatte sich bereits herumgesprochen, dass polnische Akademiker und Intellektuelle bevorzugte Opfer der Nazis waren. Oder steckte hinter ihrer Verhaftung ein anderer Grund?

Nach einigen Stunden öffnete sich die Zellentür, die Frauen wurden nach draußen geführt und auf einen Lastwagen geladen. Ziel der Fahrt war das Fort VII.

Es war ein beklemmendes Gefühl für Halina, erneut in diesem Lager interniert zu sein. Schon einmal hatte sie sich hier machtlos und entwürdigt gefühlt gegenüber der Gewalt, die man ihr antat. Eigentlich wollte sie lieber nicht an all das Schlimme denken, das ihr zugefügt worden war, doch sie hatte noch genau vor Augen, wie der SS-Mann ihr Fragen stellte und, wenn sie nicht die gewünschte Antwort gab, zudringlich oder handgreiflich wurde, zuschlug und drohte, dass sie nie mehr zu ihren Kindern zurückkäme, wenn sie nicht kooperierte. Damals hatte sie nachgegeben und man hatte sie wieder entlassen. Nur wenige, die einmal im Fort VII waren, waren lebend wieder herausgekommen. Wie sie später erfuhr, wurden in dem Lager Vergasungsaktionen mit Kohlenstoffmonoxid durchgeführt. Opfer waren meist psychisch kranke Menschen. Heinrich Himmler beobachtete im Dezember 1939 persönlich eine solche Vergasungsaktion, wahrscheinlich, weil man im Rahmen der sogenannten »Aktion T 4«* neue Möglichkeiten suchte, Menschen mit Behinderungen umzubringen.

Es war bekannt, dass im Lager Fort VII überproportional oft die Todesstrafe ausgesprochen und vollstreckt wurde. Schon für kleinste Vergehen wurden Menschen gefoltert, erhängt oder erschossen. Nur Massenerschießungen fanden außerhalb des Lagers statt.

Neben seiner Funktion als Gefängnis und Hinrichtungsstätte war das Fort auch ein Übergangslager. Internierte wurden von hier aus, je nach Bedarf und Eignung, in verschiedene Arbeits- und Konzentrationslager deportiert. Das alles ging Halina auf einmal wieder durch den Kopf, als sie die Einfahrt zum Lager passierten.

Jetzt war sie erneut in diesem Lager. Was würde sie diesmal erwarten? Würde man sie, weil sie die Fragen der SS-Männer abermals nicht beantworten konnte, noch einmal freilassen? Oder würde man sie noch mehr unter Druck setzen, noch mehr Gewalt anwenden, noch schärfere Drohungen aussprechen? Vielleicht sogar, dass man ihre Kinder in Heime brächte? Sie hatte davon gehört, dass Gestapo-Beamte Kinder aus Familien entführten.

Aber das wollte sie in diesem Moment nicht an sich rankommen lassen. Stark sein wollte sie, nicht aufgeben, alles durchstehen, um ihrer Kinder willen. Halina musste ständig an sie denken. Ob es ihnen gut ging? Wer jetzt wohl bei ihnen war und sich um alle kümmerte?

Im Lager wurden die Frauen in die Zelle Nummer 15 geführt, genau in die Zelle, in der sie schon einmal eingesperrt gewesen war. Sie erinnerte sich noch an die blutverschmierte Wand und ein kalter Schauer lief ihr jetzt bei dem Anblick über den Rücken. Auch sonst war alles genau so, wie sie es in Erinnerung hatte. Das vergitterte Fenster, das den Blick auf den Graben freigab, der rund um das Fort führte. Die Einrichtung bestand aus einstöckigen Kojen, zwei Bänken, einem Tisch und zwei Stühlen sowie einem Regal, in dem sich Töpfe und Schüsseln befanden. Die Toilette in der Ecke war durch einen Vorhang abgetrennt.

Am Nachmittag wurde die Zellentür geöffnet und weitere Frauen kamen in den ohnehin schon beengten Raum. Eine der Frauen kannte Halina: Es war ihre Schwiegermutter, die, wie sie Halina erzählte, bereits mehrere Tage in der Nachbarzelle gewesen war. Die beiden Frauen sahen sich an, Tränen liefen ihnen über die Wangen. Schließlich umarmten sie sich, als wollten sie einander nie wieder loslassen.

Die Zelle hatte sich gefüllt, 44 Frauen hatte man dort zusammengepfercht. Eng aneinandergedrängt saßen oder standen sie in dem Raum. Es waren nicht nur die Ehefrauen der Verhafteten, sondern auch Mütter, Schwiegermütter, Frauen, die irgendwo weitab auf dem Land lebten und ihre Söhne schon lange Zeit nicht mehr gesehen hatten, geschweige denn wussten, warum sie verhaftet worden waren oder was man ihnen vorwarf. Außer Halinas Schwiegermutter hatte die Gestapo auch noch drei Brüder ihres Mannes verhaftet. Niemand wusste, wo sie waren oder was mit ihnen geschah.

Die Frauen redeten miteinander, tauschten ihre Erkenntnisse und Erfahrungen aus und kamen zu dem Schluss, dass sie als Geiseln festgehalten wurden. Sie überlegten, was zu tun sei, um sich aus ihrer Lage zu befreien.

Doch bevor sie Antworten fanden, tauchten Wachmänner auf. Sie erklärten, dass eine Stubenälteste für Ordnung in der Zelle zu sorgen habe. Niemand dürfe sich tagsüber auf die Koje setzen oder legen, die Decken müssten ordentlich gefaltet sein, nichts dürfe herumliegen, auch das Geschirr müsse ordentlich im Regal stehen. Halina war es, die von den Frauen ernannt wurde, diese Aufgabe zu übernehmen.

Bis Ende März sollten sie noch im Fort VII bleiben müssen. Es war eine lange und qualvolle Zeit für die Frauen. Die Ungewissheit, was mit ihnen passieren würde, trieb sie an den Rand der Verzweiflung. Sie wussten von Folterungen, die in dem Lager an der Tagesordnung waren, manchmal hörten sie die Schreie der Opfer. Würde man auch sie foltern oder womöglich gar hinrichten?

Schon fast angenehm kamen ihnen die Tage vor, an denen sie arbeiten mussten. Da das Frühjahr sehr mild war, wurden einige zur Arbeit im Garten bestimmt, andere mussten in der Küche oder in der Waschküche helfen. Eine Frau aus der Zelle – die jüngste und hübscheste, wie Halina fand – musste das Büro des Lagerführers aufräumen und putzen.

Eines Abends kam sie mit einer schrecklichen Nachricht zurück. Auf dem Schreibtisch des Lagerführers hatte sie ein Papier entdeckt, auf dem die Namen der Männer standen, deren Frauen hier in der Zelle waren. Unter den Namen war vermerkt, dass sie am 8. Januar 1943 hingerichtet worden seien. Die Frauen wollten das nicht glauben. Warum sollte man sie zum Tode verurteilt und hingerichtet haben? Was hatten sie getan? Oder hatte das Papier womöglich absichtlich offen auf dem Schreibtisch gelegen, damit es die junge Häftlingsfrau lesen konnte und ihre Zellenkolleginnen in Schrecken versetzte?

Die Gefühle der Frauen pendelten zwischen Angst, Verzweiflung, Resignation und Hoffnung.

Hoffnung machte ihnen, dass es außerhalb des Lagers Menschen gab, die an sie dachten – ihre Familienangehörigen.

Da die Verpflegung im Lager äußerst dürftig war – morgens gab es eine dunkle Brühe, Kaffee genannt, mittags etwas Suppe und abends ein Stück Brot –, freuten sich die Frauen, wenn sie von zu Hause Pakete mit Lebensmitteln bekamen. Das munterte sie auf, nicht nur des zusätzlichen Essens wegen. So wussten sie auch, dass sie nicht vergessen waren.

Eines Tages sagte ein junger Gestapo-Mann zu Halina: »Ihr habt Schwein gehabt!« Sie waren gerade außerhalb der Zelle bei der Arbeit.

Halina wusste nicht, was der Mann ihr damit sagen wollte. Ihr Alltag war alles andere als Glück! Und wieso sagte er es mit einem Ausdruck des Bedauerns im Gesicht?

Erst Jahre später sollte sie erfahren, dass alle Familienmitglieder der Hauptangeklagten zum Tode verurteilt worden waren. Die Urteile wurden aber von einer Regierungsstelle in Berlin in »lebenslangen Aufenthalt in einem Konzentrationslager« umgewandelt.

Ende März gab es spürbare Veränderungen. Die Frauen aus der Zelle wurden in zwei Gruppen aufgeteilt. Ein Teil der Gruppe, zu der Halina Witaszek gehörte, bekam ihre eigene Kleidung und ihren Schmuck zurück. Danach wurden sie zum Badehaus gebracht. Was hatte das zu bedeuten? Würde man sie entlassen? Würde man sie nach Hause schicken, zu ihren Kindern? Fragend sahen die Frauen sich an.

Nachdem sie das Badehaus wieder verlassen hatten, wurden sie erneut in eine Zelle gesperrt. Sie war wesentlich kleiner als die letzte, in der sie Monate zugebracht hatten. Hin und wieder schauten drei polnische Männer durch das vergitterte Fenster. Wer waren sie? Auch Gefangene? Einen glaubte Halina zu kennen, war sich aber nicht sicher, ob es der war, den sie mal mit ihrem Mann zusammen gesehen hatte. Das Lager hatte die Gesichter der Menschen verändert.

Einmal blieben sie kurz stehen, schauten sich um, vergewisserten sich, dass sie unbeobachtet waren, und sagten: »Euch wird es bald besser gehen. Ihr werdet in das Konzentrationslager Auschwitz verlegt.«

Auschwitz? Bislang hatten die Frauen keine Vorstellung, was sie dort erwarten würde. Würde es dort besser sein? Dass es Orte gab, die noch schrecklicher waren als das Fort VII, konnte sich niemand vorstellen.

Gegen Mitternacht des 24. März 1943 wurden sie in das Gestapo-Büro gebracht, der Inhalt ihrer Taschen und ihrer Kleidung wurde überprüft. Was glaubten die Gestapo-Männer dort zu finden? All das, was sie bei sich trugen, war ihnen doch erst wenige Stunden zuvor ausgehändigt worden!

Schließlich führte man die Frauen in eine große Halle außerhalb des Lagers. Zu ihrer Überraschung stellten sie fest, dass sich dort auch männliche Gefangene befanden. Getrennt voneinander mussten sie sich aufstellen. Stundenlang standen sie dort. Erst im Morgengrauen fuhren einige Gefängniswagen vor, um die Gefangenen abzutransportieren.

Furchtbare Gedanken gingen Halina durch den Kopf. Wohin würde man sie bringen? In eine andere Stadt? In ein anderes Gefängnis, in dem es eine Guillotine gab? Zu oft hatte sie von mutigen Männern und Frauen aus dem Widerstand gehört, die man auf diese Weise hinrichtete. Aber Halina und die anderen gehörten doch nicht zum Widerstand, oder doch? Genügte es schon, eigenständig zu denken?

Und wenn man sie nicht hinrichten würde – würden sie dann verhungern, weil sie keine Lebensmittelpakete mehr von Verwandten bekommen konnten? Und was war mit Auschwitz? Sollte es ihnen dort wirklich besser gehen, wie der Mann gesagt hatte?

Halina hatte Angst, Angst zu denken, Angst, sich das Schlimmste auszumalen.

Doch die Gefängniswagen brachten die Häftlinge nicht in ein anderes Gefängnis, sie hielten vor dem Bahnhof in Posen.

In der morgendlichen Kälte standen sie auf dem Bahnsteig und warteten. Aber worauf? Halina dachte an ihre »fünf Spatzen«, wie sie ihre Kinder in Gedanken immer nannte. Würde sie sie jemals wiedersehen?

Schließlich fuhr ein langer Personenzug ein. In jedem Abteil befanden sich zwei SS-Männer mit Gewehren, die die Gefangenen bewachten.

Am späten Abend hatten sie das Ziel erreicht. Die Rampe von Auschwitz-Birkenau.

Draußen wurden sie von brüllenden SS-Männern und bellenden Schäferhunden empfangen. Männer und Frauen mussten sich getrennt in Fünferreihen aufstellen und wurden ins Lager geführt. Ihr Gepäck sollten sie zurücklassen. Das würde von einem Lkw in das Lager transportiert werden.

Noch bevor sie das Lagertor passiert hatten, schlug ihnen ein unbekannter Gestank entgegen. Was war das? Halina war zu müde und zu erschöpft, um weiter darüber nachzudenken.

Post aus Auschwitz

Es war zumindest ein Lebenszeichen, das Onkel Antoni bekam. Ein Brief aus Auschwitz. Von seiner Nichte. Nach so langer Zeit der Ungewissheit. Er las ihn immer wieder, weil er nicht glauben wollte, was er da erfuhr. Es gehe ihr gut, schrieb sie, sie habe eine Arbeit, als Schreiberin im Krankenblock in Auschwitz-Birkenau. Sie habe gute Kolleginnen, mit denen sie die Zeit nach Feierabend verbringe.

Halina fragte nach ihren Kindern, wollte wissen, wie es ihnen gehe, und schrieb, dass sie viel an sie denke und sie sehr vermisse. Sie sei aber zuversichtlich, dass »du, lieber Antoni, und deine liebe Frau« sich gut um sie kümmern. »Wenn du mir antwortest, dann erzähle mir von den Kindern, sag mir, was sie machen, ob sie gesund oder krank sind, ich will einfach alles über sie wissen, weil ich ja nicht bei ihnen sein kann.«

»Und«, bat sie weiter, »wenn es dir möglich ist, könntest du mir vielleicht etwas Geld schicken und ein paar Lebensmittel. Wir haben hier zwar genug zu essen, aber du weißt ja, ich brauche manchmal etwas Abwechslung auf meinem Speiseplan und freue mich, wenn du mich mit ein paar Dingen überraschst.«

Antoni war einerseits erleichtert, als er den Brief las.

Aber, und das war nur unschwer zu erkennen, der Brief war in Auschwitz durch die Zensur gegangen. Darauf wies der Stempel hin: »Geprüft: KL Auschwitz«.

Konnte es sein, dass sie die positiven Formulierungen wählen musste, damit der Brief überhaupt weggeschickt werden konnte? Konnte es sein, dass es ihr gar nicht gut ging, sondern genau das Gegenteil dessen zutraf, was sie geschrieben hatte? Was sollte er tun? Wie konnte er ihr helfen?

Zunächst verständigte er Halinas Brüder Zygmunt und Witold. Sie sollten wissen, dass Halina in Auschwitz war. Vielleicht könnten sie gemeinsam überlegen, was zu tun war.

Antoni entschloss sich spontan, zurückzuschreiben, seiner Nichte mitzuteilen, dass es den Kindern bei ihm und seiner Frau wirklich gut gehe, dass sie viel zusammen unternehmen würden und alle auch im Haushalt mit anpackten, weil es viel zu tun gebe. Sie solle sich auf keinen Fall Sorgen um die Kinder machen, dazu gebe es keinen Anlass. Und wenn etwas wäre, wenn er ihren Rat brauche, würde er ihr das schreiben.

In dem Brief erzählte er nicht, dass nur Alodia und Daria bei ihm waren und die anderen Kinder bei ihren Brüdern in Kielce und Ostrów-Großpolen wohnten. Das würde ihr sicher zusätzliche Sorgen bereiten.

Er packte auch ein Paket mit einigen Lebensmitteln, einem kleinen Schinken, einer Krakauer Wurst; seine Frau backte einen Kuchen, den sie mit hineinlegten, und in einen Umschlag steckte er noch etwas Geld. Vierzig Reichsmark. Das war viel für ihn, aber er hoffte, seine Nichte könne sich für dieses Geld etwas kaufen, auch wenn er keine Vorstellung hatte, was es in Auschwitz zu kaufen gab.

Postkarte nach Auschwitz

Zygmunt wollte sich ebenfalls mit Halina in Verbindung setzen. Er war ihr Bruder, er kannte sie am besten. Er würde ihr auch sagen können, welche Pläne sie mit den Kindern hatten. Seine Schwester würde ihm vertrauen.

Ein Brief könnte schwierig sein, überlegte er, denn der würde bestimmt geöffnet und zensiert werden. Also entschied er sich für eine Postkarte, die die SS in Auschwitz ruhig lesen durfte, denn er wollte nichts Unbedachtes schreiben, nichts, was Halina schaden könnte.

Allerliebste Halina, schrieb er,
Alodia und Daria sind seit drei Wochen in Posen, um mit den Geschwistern beisammen zu sein. Die Kinder sind mit allem versorgt und in bester Gesundheit. Krzystoph ist schon selbstständig und aus ihm wird sicher ein schöner und gescheiter Junge. Alodia und Daria wohnen bei Onkel Antoni und Tante Mala. Sie sorgen gut für sie. Jetzt überlegen wir uns, die Kinder eventuell alle zu uns zu nehmen. Was meinst du dazu? Außer Mariola, denn sie geht seit drei Wochen in die Schule. Von der Familie gibt es sonst nichts Neues zu berichten. Deine Nachricht haben wir gelesen. Vertrau auf Gott, es wird alles gut.

Sei innigst umarmt.

Siegmund

Für seine Unterschrift wählte er die deutsche Schreibweise. Vielleicht könnte er damit die Zensur in Auschwitz etwas milde stimmen, überlegte er.

Nun blieb nur die Hoffnung, dass Halina die Karte auch bekam, denn die Familie konnte sich gut vorstellen, dass dieser Kontakt zur Außenwelt ganz wichtig war. Und sie hofften, Halina würde antworten, ihnen schreiben, wie es ihr ging und was sie benötigte.

Wenige Tage später war die Postkarte wieder da, versehen mit dem Stempel:

ZURÜCK! ANNAHME VERWEIGERT!
KL AUSCHWITZ

Teil II

Raub

»Ich habe wirklich die Absicht,
germanisches Blut zu holen, zu rauben
und zu stehlen, wo ich kann.«

Reichsführer SS Heinrich Himmler, 1938

Litzmannstadt

Nachdem Onkel Antoni und Tante Mala gegangen waren, wurden Alodia, ihre Schwester Daria sowie die anderen, die sich noch in dem Raum der Gestapo befanden, in ein Übergangslager in der Posener Glownastraße gebracht. Unter den Kindern brachen Angst und Verzweiflung aus, weil sie innerhalb kurzer Zeit nun schon zum zweiten Mal von vertrauten Menschen getrennt wurden. Viele weinten.

Das Heim war für die Kinder jedoch nur eine kurze Übergangsstation. Wenige Tage nach dem 9. September 1943 fuhr ein Lkw vor und brachte sie zum Bahnhof. Die Fahrt mit dem Zug dauerte mehrere Stunden. Ziel war das Kinder- und Jugend-Verwahrlager Litzmannstadt, das sich im Zentrum des Ghettos im Ort befand.

Die beiden Schwestern kamen in die Baracke für zwei- bis achtjährige Kinder, die es nach den ursprünglichen Planungen gar nicht geben durfte, denn in Litzmannstadt sollten eigentlich nur Kinder zwischen dem achten und 16. Lebensjahr untergebracht werden.

Die Baracken wurden in der Lagersprache als »Rassenhäuser« bezeichnet, weil dort alle Kinder untergebracht wurden, die man zur »Eindeutschung« vorgesehen hatte. Die meisten anderen Kinder waren dagegen wegen Verstößen gegen die von den Besatzern festgelegte Ordnung im Lager Litzmannstadt. Arbeiten sollten sie, bis sie vor Erschöpfung starben oder sich selbst das Leben nahmen.

Für die Kinder ab acht Jahren gab es eigene Baracken. Mädchen und Jungen wurden ab diesem Alter getrennt.

Das Kinder- und Jugend-Verwahrlager, das sich bald nach seiner Inbetriebnahme als Kinderkonzentrationslager entpuppte, war auf Befehl von Heinrich Himmler eingerichtet worden. Den Anstoß dazu hatte Hans Muthesius*, Abteilungsleiter für Wohlfahrt und Jugendfürsorge im Reichsinnenministerium, gegeben, der darauf bestand, dass »fremdvölkische, insbesondere polnische Kinder und Jugendliche der deutschen Fürsorge nicht zur Last fallen dürfen«. Gemeint waren die, die sich unbeaufsichtigt in Polens Städten herumtrieben, in den Straßen bettelten oder kleinere Diebstähle begingen. Ferner forderte er, dass im Lager die »Eindeutschungsfähigkeit der Polen-Kinder vom »SS-Rasse- und Siedlungshauptamt* überprüft werden soll«.

Die meisten der Kinder im Lager waren tatsächlich auf sich gestellt gewesen, weil man ihre Eltern zur Zwangsarbeit nach Deutschland verschleppt hatte, sie sich in einem Konzentrationslager befanden oder ermordet worden waren, wie so viele Menschen, die einfach auf offener Straße erschossen wurden, weil sie gegen unbedeutende Regeln der Besatzungsmacht verstoßen hatten. Den streunenden Kindern blieb gar nichts anderes übrig als hier einen Apfel, da eine Kartoffel zu stehlen, um zumindest den größten Hunger zu stillen, aber solche »Vergehen« reichten aus, um sie im Lager einzusperren.

Auf Anweisung der SS hatten ab Anfang September 1942 jüdische Häftlinge des Ghettos Litzmannstadt mit einem hohen Bretterzaun ein Areal im Zentrum des Ghettos absperren müssen, auf dem das neue Lager für Kinder und Jugendliche entstand. Niemand sollte sehen, was sich innerhalb der Einzäunung abspielte. Außerhalb des Ghettos ahnte keiner, dass sich mitten in der Stadt ein Konzentrationslager für Kinder und Jugendliche befand.

Nach und nach wurden Baracken errichtet, die für höchstens eintausendsiebenhundert bis zweitausend Kinder und Jugendliche geplant waren. Bereits Anfang Dezember 1942 kam die erste Gruppe Kinder ins Lager, obwohl noch gar nicht alle Baracken fertig waren. Zunächst wurden die Kinder in Zellen eingesperrt. Bis Ende April 1943 landeten in dem KZ 1.757 Kinder, Mitte 1943 waren es fast sechstausend.

Anders als ursprünglich geplant, war es immer weniger ein Lager für 8- bis 16jährige, die Altersgrenze wurde ständig nach unten korrigiert. Es wurden auch Siebenjährige, Sechsjährige, Fünfjährige, ja sogar zweijährige Kinder eingesperrt.

Kinder, die ihr 16. Lebensjahr vollendet hatten, verlegten die Nazis von Litzmannstadt in die Konzentrationslager für Erwachsene, wo sie meist in den Gaskammern endeten.

Alodia und ihre Schwester Daria hatten in dem Block

für die Zwei- bis Achtjährigen, in dem sie untergebracht waren, eine eigene Pritsche zum Schlafen. Auch auf den anderen Pritschen lagen Geschwister, manchmal drei, manchmal auch vier Kinder, je nachdem, wie viele Geschwister sie waren.

Sie lagen auf Stroh und hatten nur eine dünne Decke, die sie in den kalten Nächten kaum wärmte.

Die beiden Mädchen vermissten ihre Eltern, aber auch Onkel Antoni und Tante Mala. Es gab nur sehr strenge Kapo*- und SS-Frauen. Sie wachten darüber, dass die Kinder nicht Polnisch, sondern nur Deutsch sprachen. Und sie verboten ihnen zu weinen. Besonders die Kleinsten verstanden dieses Verbot nicht, sie weinten nach Mama und Papa, sie weinten, weil sie krank waren und Schmerzen hatten. Sie sehnten sich nach der Geborgenheit bei den Eltern, nicht zuletzt, weil ihnen im Lager von den Erwachsenen nur Kälte entgegenschlug. Sie verstanden nicht, was da um sie herum passierte.

Wenn die Kinder Regeln missachteten, wurden sie mit Prügeln bestraft. Die Kinder hatten Angst, waren von den Aufseherinnen eingeschüchtert, weshalb sie sich nachts oft einnässten. Wenn das die Kapo-Frau mitbekam, die gerade Dienst hatte, zerrte sie die Kinder aus ihren Betten ins Freie zu einer Wasserpumpe und pumpte ihnen das eisige Wasser über den ganzen Körper. Danach mussten sie sich mit der nassen Kleidung wieder ins Bett legen. Viele Kinder wurden deshalb krank und starben.

Oft sah Alodia morgens Kinder tot auf ihrer Pritsche

liegen. Der Tod wurde für sie zum ständigen Begleiter. An manchen Tagen, wenn sie aus dem Fenster schaute, sah sie auch Kinder, die nachts in den Draht gegangen waren. Sie hatten das Leben im Lager nicht mehr ausgehalten. Noch vor dem Morgenappell* waren jüdische Bewohner des Ghettos zur Stelle, holten die Kinder aus dem Draht und beerdigten sie auf dem jüdischen Friedhof im Ghetto.

Alodia und ihre Schwester Daria waren in der Zeit in Litzmannstadt Ausnahmen im Lager. Sie galten vom ersten Tag an als sogenannte »Rassekinder«. Das Hauptkriterium war ihr Aussehen: blaue Augen, helle Haut, blondes Haar.

In einer Lagerschule, die eigens für diese «Rassekinder« eingerichtet wurde, brachte man ihnen Deutsch und Disziplin bei – als Vorbereitung auf ihr geplantes zukünftiges Leben.

Weitere Selektionen* von Kindern, die für eine »Eindeutschung« geeignet schienen, fanden bei Sonderappellen statt, bei denen sowohl die Lagerleitung als auch Mitarbeiter des Rasse- und Siedlungshauptamtes mit dabei waren, um eine erste Begutachtung der Kinder vorzunehmen. Kinder, die auf diese Weise ausgesucht wurden, nahm man anschließend drei Wochen lang unter genaue Beobachtung. Danach kam die endgültige Entscheidung, ob sie »rassisch wertvoll« oder »rassisch wertlos« seien.

Alodia und Daria durften ihre Haare behalten. Dadurch hoben sie sich äußerlich stark von den anderen Lagerkindern ab. Allen anderen scherte man aus hygienischen Gründen eine Glatze, weil es in der Baracke nicht nur Mäuse, sondern auch Läuse gab.

Auf ihrer Kleidung mussten die beiden Mädchen ein Abzeichen tragen, einen roten Winkel mit einem großen »P« für Polen. Der rote Winkel bedeutete, dass sie aus politischen Gründen in Litzmannstadt waren. Sie selber kannten die Bedeutung des Zeichens nicht und hatten keine Ahnung, dass es mit ihrem Vater zusammenhängen könnte. Nur das »P« verstanden sie: Sie waren ja Polen.

Der Tag begann und endete für alle Lagerkinder mit einem Appell. Morgens um sechs mussten sie antreten, sich in Reihen aufstellen und in deutscher Sprache durchzählen. Besonders die Kinder aus der Baracke, in der man Alodia und ihre Schwester untergebracht hatte, waren oft noch zu klein, um die Zahlen auf Deutsch sagen zu können. Wenn sie es nicht schafften, gab es Prügelstrafen.

Während der Dauer des Appells durften die Kinder nicht reden. Das war streng verboten. Wer dagegen verstieß, wurde auch bestraft, entweder mit Prügeln oder mit Essensentzug.

An manchen Tagen dauerte der Appell sehr lange, manchmal mehrere Stunden. Der Grund war, dass Kinder fehlten. Besonders morgens lagen immer wieder welche tot in ihren Betten. Die Aufseherinnen ließen sich jedes Mal viel Zeit, die toten Kinder zu zählen. Erst wenn die Anzahl der lebenden und toten Kinder mit der auf der Liste übereinstimmte, wurde der Appell beendet.

Es kam auch vor, dass alle Kinder mitten in der Nacht

geweckt wurden und zum Appell antreten mussten. Diese nächtlichen Appelle hatten keinen besonderen Grund, sie waren reine Schikane der Kapos. Morgens mussten sie trotzdem erneut antreten, durchzählen, und alle, die acht Jahre und älter waren, hatten einen zehn- bis zwölfstündigen Arbeitstag vor sich.

Einmal bekamen die Kinder Puppen, die aus Lumpen genäht waren. Sicher waren sie heimlich hergestellt worden. Wie groß war die Freude unter den Kindern, waren die Puppen aus Lumpen doch das einzige Spielzeug, das sie besaßen. Keine der Erzieherinnen durfte die kostbaren Puppen sehen. Sonst hätte es erneut Prügel gegeben.

Arbeiten in Litzmannstadt

Alodia und Daria waren noch zu jung zum Arbeiten, aber sie bekamen täglich mit, dass die älteren Kinder arbeiten mussten.

Ein Teil der Mädchen musste in die Küche, in der das Essen für die Kinderhäftlinge zubereitet wurde. Für die gab es vorwiegend Wassersuppe mit Gemüseabfällen. Besonders in den Kohlblättern verbargen sich oft Würmer, die einfach mitgekocht wurden. An manchen Tagen standen ihnen auch ein paar Knochen zur Verfügung, die in die Suppe geworfen wurden. Die Knochen fanden sich in den Essensresten der SS-Belegschaft. Bei den Kindern waren sie jedoch sehr begehrt.

Andere mussten in der zweiten Küche arbeiten, in der das Essen für die SS-Mannschaften zubereitet wurde. Dort gab es alles, was man sich vorstellen konnte: Kartoffeln, Gemüse, Fleisch und zum Nachtisch Pudding oder Obst. Wie groß war da die Versuchung, sich heimlich etwas von diesen Leckereien zu nehmen. Doch die Angst vor einer Bestrafung war größer.

Sowohl die Knochen als auch die Würmer waren eine Bereicherung für die Lagerkinder. Insbesondere die Älteren angelten sich die Würmer aus der warmen Brühe, weil sie wussten, dass sie nahrhaft waren. Die Knochen waren besonders bei den Jungs begehrt. Sie steckten sie heimlich in die Tasche ihres Häftlingsanzugs. Später, in unbemerkten Momenten, mahlten sie sie zwischen zwei Steinen zu Mehl. Die Knochen hatten viele Vitamine und stärkten zumindest ein wenig die Abwehrkräfte.

Die Mädchen, die nicht in der Küche arbeiteten, wurden für die Waschküche eingeteilt. Dort wurden in großen Kesseln mit kochendem Wasser die Häftlingsanzüge gewaschen. Mit langen Holzlöffeln mussten die Kinder die Kleidungsstücke in der heißen Lauge umrühren. Viele von den Mädchen verbrannten sich an dem kochenden Wasser, und weil es keine medizinische Versorgung gab, infizierten sich die Brandwunden und führten bei etlichen Kindern zum Tod.

In einer der Baracken wurden Jungen damit beschäftigt, die Uniformen der gefallenen Soldaten zu reparieren. Knöpfe mussten angenäht und Löcher gestopft werden. Die Nadeln, die die Jungen für diese Arbeit zur Verfügung hatten, waren aber zu dünn für die schweren Gabardine-Stoffe. Ständig verbogen die Nadeln und mussten von den Häftlingen mit einem Hammer wieder gerade geklopft werden. Viele Nadeln zerbrachen dabei, weil der Stahl nicht hart genug war. Dann wurden die betroffenen Jungen in den Karzer* gesperrt. Das war ein dunkler Kellerraum, in dem das Wasser etwa zwanzig Zentimeter hoch stand. Tagelang mussten die Jungen ohne Essen in dem kalten Wasser ausharren. Spätestens in der zweiten Woche wurden dann ihre toten Körper herausgetragen.

Zur Schwerstarbeit gehörte es, Wege und Straßen zu bauen. Kinder wurden als »Zugpferde« für die mit dem Baumaterial beladenen Karren eingesetzt. Oder sie mussten mit schweren Walzen die vorbereitete Wegstrecke ebnen. Die Walzen hatten ein Gewicht von drei bis vier Tonnen. Außerhalb des Lagers wurden dafür eigens vorgesehene Zugmaschinen oder Traktoren verwendet, im Lager spannte man einfach dreißig Kinder davor, die sie, von Peitschenhieben angetrieben, ziehen mussten. In den Sommermonaten waren die Kinder barfuß. Durch spitze Steine im Kies holten sie sich Schnittwunden an den Füßen. Verbandsmaterial gab es nicht.

Für die Wintermonate bekamen sie Holzschuhe. Diese Schuhe hatten alle eine Einheitsgröße und die Kinder scheuerten sich in ihnen die Füße wund. Die Wunden wurden mit dem Desinfektionsmittel Lysol* behandelt.

Gearbeitet wurde bei jedem Wetter. Die Straßen hatten jedoch keinen besonderen Zweck, am nächsten Tag mussten die Kinder sie wieder entfernen und danach den Boden erneut planieren. Es ging ausschließlich darum, die Kinder zu schinden und auszulaugen, bis sie die Kräfte verließen.

Ab Sommer 1943 wurden im Lager kleine Werkstätten eingerichtet. In einer Schusterei mussten die Kinder Schuhe für die Soldaten reparieren: Sie stellten Taschen für Patronen sowie Riemen her. In einer Korbflechterei wurden kleine Körbe für Munition produziert, in einer anderen Abteilung mussten sie Nägel gerade biegen.

Selbst die jüngsten Kinder wurden zur Arbeit herangezogen. Ihre Aufgabe bestand darin, künstliche Blumen herzustellen oder Tüten und Handtaschen zu kleben.

Eine Gruppe älterer Mädchen wurde außerhalb des Lagers in der Landwirtschaft eingesetzt. All das, was im Lager an Grundnahrungsmitteln benötigt wurde, sollte dort produziert werden. Den Kindern war es streng verboten, sich von dem Gemüse oder Obst etwas zu nehmen. Auf Diebstahl stand die Prügelstrafe.

Bestrafungen in Litzmannstadt

Bei den Kindern herrschte eine ständige Angst vor Bestrafungen. Schon die kleinsten »Vergehen« wurden mindestens mit Prügelstrafe geahndet. Ein Regelverstoß war, morgens nicht pünktlich aufzustehen. Dafür gab es zehn Stockhiebe. Es gab Prügel, wenn die Kinder nach dem Essen ihr Geschirr nicht rechtzeitig wieder abgewaschen hatten. Dafür mussten sie sich über einen Bock legen und wurden entweder mit einer Peitsche oder einem Stock geschlagen. Sie wurden geschlagen, weil sie Essensreste gestohlen hatten, weil sie bei der Arbeit müde waren oder bei der Nachtwache, zu der sie eingeteilt wurden, einschliefen. Ohne Erlaubnis den Hof zu betreten, gehörte zu der Kategorie »Ungehorsam« und wurde mit mindestens zehn Stockhieben bestraft. Zwanzig Stockhiebe gab es, wenn sich die Kinder nicht auf Deutsch unterhielten.

Die Stockschläge, die sie bekamen, mussten sie laut und auf Deutsch mitzählen, obwohl längst nicht alle Kinder Deutsch konnten. Und während der Prügel fiel es vielen noch schwerer, die deutschen Zahlen zu nennen.

Alodia und Daria hatten panische Angst, Fehler zu machen. Sie wollten keine Prügel bekommen, wie sie es bei vielen anderen Kindern beobachtet hatten. Sie versuchten, möglichst nicht aufzufallen und sich streng an die Regeln zu halten. Das war anstrengend, denn sie wussten nie genau, was erlaubt und was verboten war, weil die Regeln von den SS-Frauen äußerst willkürlich festgelegt wurden. Hinzu kam, dass sie in deutscher Sprache erklärt wurden, die die beiden noch nicht ausreichend verstanden. Wenn sie nachts vor Angst nicht schlafen konnten, hielten sie sich aneinander fest.

Außerhalb der Baracken durfte man nicht gehen, sondern hatte zu rennen. Anhalten durfte man nur, wenn man auf einen SS-Mann traf. Dann mussten sich die Lagerkinder verneigen.

Das nächtliche Einnässen wurde nicht nur mit einer Dusche im Freien unter dem eisigen Wasserstrahl einer Pumpe bestraft. Im Winter, wenn es geschneit hatte, mussten sich die Betroffenen auch in den Schnee legen.

Schläge wurden oft so lange erteilt, bis das Kind bewusstlos war. Es gab Einzelhaft, sie mussten bis zum Umfallen im Kreis um einen Baum laufen, sie mussten mit erhobenen Händen auf Kies knien, sie wurden mit dem Kopf in ein Fass mit Altöl getaucht, sie wurden erniedrigt, indem sie sich nackt ausziehen mussten. Vielfach wussten die Kinder nicht einmal, gegen welche Regeln sie verstoßen hatten.

Die Strafen waren drakonisch, und die SS-Frauen und Kapos* ließen ihren sadistischen Fantasien offenbar freien Lauf, ohne dafür negative Konsequenzen fürchten zu müssen. Neben Stock- oder Peitschenhieben sowie Fußtritten waren Einzel- und Dunkelarrest sowie Essensentzug sehr gefürchtet. Besonders in den Sommermonaten wurden Kinder oft gezwungen, lang anhaltend in die Sonne zu schauen. Manchmal wurden Kinder auch einfach erschossen.

Es kam vor, dass Kinder aus Auschwitz oder anderen Konzentrationslagern nach Litzmannstadt verlegt wurden. Viele dieser Kinder wünschten sich nach kurzer Zeit wieder zurück in ihre alten Lager, da es ihnen, wie sie sagten, dort besser gegangen sei als hier.

Die genaue Zahl der Kinder, die in Litzmannstadt ermordet wurden, lässt sich nur schwer feststellen. An den Folgen von Misshandlungen, Krankheiten und Unterernährung starben monatlich rund zweihundert Kinder, etwa zehntausend waren es wohl in der gesamten Zeit, die das Lager existierte.

In den Dokumenten über die Todesursachen wurde sehr oft »Erschöpfungszustand« verzeichnet.

Verpflegung in Litzmannstadt

Neben dem Tod war der Hunger ein ständiger Begleiter der Kinder. Morgens bekamen sie eine trockene Scheibe Brot und einen Becher Getreidekaffee ohne Zucker. Manchmal versteckten Kinder ein Stück Brot in ihrem Bett, um es später zu essen. Aber meistens fanden es vorher die Mäuse oder andere Kinder. Auch für das Brotverstecken gab es eine Prügelstrafe, wenn es die Kapo-Frau herausfand.

Mittags bekamen die Kinder manchmal Roggengrützesuppe oder Suppe aus ungeschälten Kartoffeln, Steckrüben oder anderem Gemüse. Das Gemüse war aber häufig angeschimmelt und erzeugte Magenschmerzen oder sogar Typhus.

Abends gab es noch einmal Brot und Getreidekaffee. An manchen Tagen stand auch nur trockenes Brot auf dem Plan. Kinder, die krank waren, bekamen bloß die halbe Ration.

Ein SS-Mann war bekannt dafür, dass er den Kindern ihr Brot wegnahm, um seine Kaninchen damit zu füttern. Milch bekamen nur das Wachpersonal und die Schweine, die im Lager gezüchtet wurden.

Wenn das Obst auf den Bäumen des Lagergeländes reif war, durften die Kinder sich davon nichts nehmen. Diebstahl wurde mit Schlägen und Essensentzug bestraft.

Ein Arzt, der dem Lager zugeteilt wurde, bevor man ihn selbst nach Auschwitz deportierte, schrieb nach dem Krieg in einem Bericht, dass mindestens die Hälfte aller Kinder Hungerödeme aufwies.

Welches Ausmaß der Hunger bei den Kindern angenommen hatte, lässt sich am besten an einer kleinen Begebenheit ablesen.

Eugenie Pohl*, eine der SS-Aufseherinnen, stand am geöffneten Fenster einer Kinderbaracke und warf ein paar kleine Brotstückchen auf den Hof, wo sich eine Gruppe von Kindern aufhielt. Kreischend und sich prügelnd fielen sie über das Brot her. Ältere stießen die Jüngeren zur Seite und schnappten sich, was sie kriegen konnten. Eugenie Pohl stand am Fenster und grinste. Sie war stellvertretende Lagerleiterin im Kinder- und Jugendverwahrlager Litzmannstadt.

Eine der schrecklichsten Einrichtungen im Lager war die Krankenstube, die, besonders von den älteren Kindern, als »Sterbestube« bezeichnet wurde. Sydonia Bayer*, die Leiterin der Krankenstube, war gleichzeitig die Lagerleiterin. Sie schien in den Augen der SS für die Betreuung der Krankenstube qualifiziert, weil sie einmal vor dem Krieg eine Erste-Hilfe-Ausbildung absolviert hatte. Mit einem Stock ging sie durch den Raum und »untersuchte« die Kinder, indem sie in offenen Wunden herumstocherte oder die von der Krankheit Geschwächten den Schmerz eines Stockschlags spüren ließ. Es war für sie unerträglich, dass die Kinder einfach nur in ihren Betten herumlagen.

Hatte eines der kranken Kinder sich eingenässt, wurde es von ihr barfuß ins Freie gejagt und mit kaltem Wasser übergossen.

Medizinische Hilfe gab es nicht für die Kinder. Sie würden ohnehin sterben, warum sollte man da noch irgendwelche Medizin verschwenden, so lautete die Einstellung der SS-Aufseherinnen.

Tausende Kinder sind in Litzmannstadt gestorben. Sie starben an Erschöpfung, an Krankheiten, die nicht geheilt wurden, an Hunger, und viele Kinder, die schon arbeiten mussten, gingen in den Draht, weil sie die Zustände einfach nicht mehr aushielten. Die so frei werdenden Plätze in der Krankenstube blieben nicht lange leer. Oft wurden sie noch am selben Tag neu belegt.

Alodia und Daria waren etwa zwei Monate in Litzmannstadt. Sie galten ja als der nordischen Rasse zugehörig und sollten arisiert* werden. Erste Deutschkenntnisse mussten sie sich im Kinderlager aneignen, aber das reichte natürlich nicht, um sie als »Deutsche« an ein deutsches Elternpaar zur Adoption zu vermitteln.

Es war ein kalter Novembertag, als man sie von Litzmannstadt in ein Kloster nach Kalisz brachte, wo sie, wie die aus SS-Frauen bestehende Klosterleitung es vorsah, eingedeutscht werden sollten.

Gau-Kinderheim Kalisz

Wieder war es ein neuer Ort, an den sich die beiden Schwestern gewöhnen mussten. Wie lange würden sie dort bleiben? Was würde sie dort erwarten? Sie hatten keine Ahnung. Niemand hatte ihnen etwas über dieses Kinderheim erzählt.

Das Gau-Kinderheim Kalisz lag hinter hohen Mauern in einem alten Klostergebäude. Fürsorgliche Nonnen der Nazaret-Schwestern gab es hier aber keine mehr, sondern nur strenge SS-Frauen, die den Kindern von morgens bis abends im Befehlston Anweisungen gaben.

Unsicher tasteten sich Alodia und Daria in der neuen Umgebung vor. Was durften sie und was war hier streng verboten? Die Erfahrungen in Litzmannstadt mahnten sie zur Vorsicht.

Bei ihrer Ankunft trugen die beiden noch ihre Namen. Doch das sollte sich bald ändern.

Die zwei wurden zusammen in einem Trakt für jüngere Kinder untergebracht. Die Sachen, die sie anhatten, mussten sie ausziehen und dafür Kleider aus grobem Leinen tragen.

Alodia und Daria verstanden nicht wirklich, was die SS-Frauen ihnen gleich am ersten Tag erklärten. Sie erzählten den Mädchen, dass sie Deutsche seien, weil sie deutsche Vorfahren hätten. Deswegen sei es für sie nun wichtig, all das zu lernen, was deutsche Kinder ganz selbstverständlich in ihren Familien mitbekämen.

Das Erste, was sie bräuchten, seien neue Namen.

»Alodia, du heißt jetzt Alice!«, sagte ihr eine SS-Frau in strengem Tonfall. »Merk dir das!« Alodia schaute die Frau mit großen Augen an. »Du bist jetzt Alice! Wenn dich jemand mit diesem Namen ruft, dann musst du sofort kommen, verstanden?«

Alodia nickte.

»Und einen neuen Familiennamen brauchst du auch! Dein Familienname ist jetzt nicht mehr Witaszek, du bist jetzt Alice Wittke! Sprich den Namen nach!«

»Alice Wittke,« brachte Alodia ganz leise und unsicher heraus.

»Und du!«, fuhr die SS-Frau fort und wandte sich an Daria. »Du heißt jetzt nicht mehr Daria Witaszek, du bist jetzt Dora Wittke! Verstanden? Du hörst jetzt nur noch auf diesen Namen! Dora! Hast du das verstanden?«

Daria/Dora schaute Alodia/Alice unsicher an. Dann nickte sie.

»Ihr seid Waisenkinder«, erklärte die SS-Frau den beiden Mädchen, »eure Eltern sind tot! Oder sie sind im Krieg schwer verletzt worden. Deswegen können wir sie nicht fragen, wo ihr geboren seid.«

Mit dem Tod waren die beiden Mädchen oft konfrontiert worden, als sie noch in Litzmannstadt waren. Aber an Papa und Mama hatten sie nur noch eine ferne Erinnerung. Sie waren noch zu klein gewesen und die Trennung lag schon so viele Monate zurück. Was war in der Zeit alles passiert, nachdem die Gestapo ihre Mutter abgeholt hatte? Die Mädchen verstanden nicht, was es bedeutete, dass ihre Eltern tot seien.

Die SS-Frau legte einfach einen neuen Geburtsort für die beiden fest und notierte ihn auf ihrer Karteikarte. Nur die Geburtstage behielt sie für beide Mädchen bei.

Die echten Daten der Kinder waren den SS-Frauen im Gau-Kinderheim durchaus bekannt. Mit der neuen Identität wollte man aber verhindern, dass mögliche noch lebende Angehörige den Aufenthaltsort der Kinder herausfanden, um nach den Mädchen zu suchen und mit ihnen Kontakt aufzunehmen.

Die nächste Regel, die die zwei in dem Heim zu befolgen hatten, wurde ihnen auch gleich klargemacht: Sie durften nur noch Deutsch sprechen. Wenn aus Versehen ein polnisches Wort herausrutschte, wurde man umgehend bestraft. Es war auch streng verboten, über die Familie zu reden – über Mama und Papa, über die Geschwister. Bei einem Verstoß gegen diese Regel mussten die Kinder stundenlang, manchmal auch einen ganzen Tag in einer dunklen Arrestzelle knien, die Arme auf dem Rücken verschränkt. Das erfuhr Alodia einige Tage später, als sie sich schon etwas an ihren neuen Namen Alice gewöhnt hatte. Doch aus Angst achteten sie und ihre Schwester jetzt streng darauf, dass ihnen kein polnisches Wort herausrutschte, nachdem sie von anderen Kindern gehört hatten, wie es in der dunklen Arrestzelle war. Es kam auch vor, dass Kinder in der Arrestzelle starben. Dann wurden sie auf dem nahe gelegenen Friedhof anonym beerdigt. Alodia merkte bald, dass die Kinder in dem Heim fast nie lachten. Alle sahen sehr traurig aus.

So wie sie ihren neuen Namen, Alice und Dora, lernen mussten, hatten sie auch, wie alle andern Kinder in dem Gau-Kinderheim, die deutsche Sprache zu lernen. Sie waren nicht unbegabt, hatte ihre Mutter doch diese Sprache studiert und ihnen manchmal Wörter auf Deutsch gesagt, die sie dann begeistert nachsprachen. Das war aber lange her. Auch in Litzmannstadt hatten Alodia und Daria ein wenig Deutsch gelernt, wenngleich sie die Atmosphäre dort eher abhielt, sich dieser Sprache zu bedienen. Nur das Notwendigste hatten sie dort im geforderten Deutsch gesagt: beim Abzählen während des Appells morgens und abends oder wenn sie »bitte« und »danke« sagen mussten, mehr nicht.

Wenn die beiden Schwestern abends auf ihrer Pritsche lagen und sich mal unbeobachtet fühlten, dann hatten sie in Litzmannstadt manchmal flüsternd in ihrer Muttersprache geredet. Sie war so etwas wie eine geheime Nische gewesen, in die sie sich zurückziehen konnten. Und nachts hatten sie auch in Polnisch geträumt.

Doch hier in dem Gau-Kinderheim gab es diese Nische nicht mehr. Hier standen sie unter ständiger Aufsicht, auch abends. Die Regeln waren so streng, dass die beiden Mädchen die polnische Sprache aus Angst schnell vergaßen. Ihre größte Sorge war, dass ihnen nachts im Traum aus Versehen ein polnisches Wort herausrutschen könnte. Die Nachtwache würde das sicher hören und melden.

Alle Anweisungen wurden hier auf Deutsch gegeben, denn die Kinder sollten die deutsche Sprache so schnell wie möglich lernen. Und wenn gespielt und gesungen wurde, dann nur auf Deutsch.

Im Krankenhaus

Irgendwann in diesem Winter 1943 wurde Alice krank. Sie hatte Diphterie, die in dem Kinderheim nicht behandelt werden konnte. Weil sie der nordischen Rasse zugezählt wurde, die es zu erhalten galt, sah man sich veranlasst, das Mädchen in ein Krankenhaus zu bringen. Ein Luftröhrenschnitt rettete ihr das Leben.

Die spärlichen Informationen, die man im Heim über das Kind hatte, wurden an das Krankenhaus gegeben. Eine Krankenakte wurde angelegt und am Bett ein Namensschild mit ›Alice Wittke‹ angebracht.

Ein Schlauch in der Luftröhre hinderte Alice daran, selbst zu reden, aber sie hörte gerne den Patientinnen zu, wenn sie sich unterhielten. Eine der Frauen sprach sogar Polnisch. Alice verstand alles, was sie sagte, und hätte sich gerne mit dieser Frau in ihrer Muttersprache unterhalten.

Als Alice nach einigen Tagen wieder reden konnte, unterhielt sie sich mit den anderen Patienten, die mit ihr im Zimmer lagen. Es waren schon ältere Menschen, und sie freuten sich offenbar, mit dem Kind zu reden. Alice sprach Deutsch mit ihnen, weil sie die Sprache schon ganz gut konnte.

Einmal behauptete sie, sie hätte genau verstanden, was die eine Patientin auf Polnisch gesagt habe. Und sie erklärte den Frauen, dass sie eigentlich keine Deutsche, sondern Polin sei. Sie gab auch ihren richtigen Namen preis, Alodia Witaszek, und erzählte von den Verwandten, die in Posen, Kielce und Ostrów-Großpolen lebten. In Ostrów-Großpolen, so sagte sie, lebe ihr Onkel Zygmunt, der den kleinen Bruder Krysztoph bei sich aufgenommen habe. Ihre beiden älteren Schwestern lebten bei Onkel Witold in Kielze.

Eines Tages bekam die Polnisch sprechende Patientin Besuch von einer »Volksdeutschen« aus Ostrów-Großpolen. Diese Frau vermutete, Alodia alias Alice könne die Tochter von Doktor Witaszek sein. Hinter vorgehaltener Hand werde sehr viel über das Schicksal dieser Familie gesprochen, mal anerkennend für den Mut, doch meist sorgenvoll, weil auch die Mutter der fünf Kinder verhaftet worden sei und niemand etwas über ihr Schicksal wisse. Die Kinder habe man in der Verwandtschaft aufgeteilt.

Diese Frau war es dann auch, die Onkel Zygmunt, den sie in Ostrów-Großpolen ausfindig machte, über die kleine Patientin informierte, und als er schließlich das Mädchen im Krankenhaus selbst gesehen hatte, bestätigte er, dass es Alodia, die Tochter von Doktor Witaszek sei.

Alodia war froh, das vertraute Gesicht zu sehen, und erzählte dem Onkel alles, woran sie sich erinnern konnte. Für Onkel Zygmunt war es kaum zu ertragen, was er zu hören bekam.

Er wusste nun, dass sowohl Alodia als auch Daria neue Namen hatten. Daraus konnte er nur eine Schlussfolgerung ziehen: Die beiden Mädchen waren für das Programm zur Germanisierung von polnischen Kindern für die Nazis vorgesehen.

Was konnte er tun? Gab es überhaupt etwas?

Doch, er musste etwas tun. Er konnte die Kinder nicht einfach den Deutschen überlassen, was immer die mit ihnen vorhatten. Alodia und Daria hatten eine Familie, eine Mutter, die sie liebte, Geschwister, die sie vermissten, sie hatten Onkel und Tanten, die sich um die zwei kümmern würden, bis ihre Mutter wieder zurück war.

Jetzt, da er wusste, wo die beiden Mädchen waren, musste er handeln. Er musste riskieren, sie aus dem Heim herauszuholen. Doch zu welchem Preis? Würde er dabei die Kinder, würde er sich und seine Familie in Gefahr bringen? Würden die Deutschen ihn im Auge haben, ihn, seine Frau und auch Witold in Kielze verhaften?

Er dachte nicht an die Gefahr, als er sich einen Plan überlegte.

Versuch einer Befreiung

Schon gleich bei seinem ersten Gespräch mit Alodia erfuhr Onkel Zygmunt, dass Daria ebenfalls in dem Gau-Kinderheim war. Alodia erzählte ihm, dass sie zuvor in Litzmannstadt gewesen seien, was sie und ihre Schwester dort erlebt hätten und wie ihr Leben in dem neuen Kinderheim sei.

Zygmunt sah Alodia ihre Angst an, als das Ganze aus ihr heraussprudelte.

Er ahnte, was die SS mit den Kindern vorhatte, und fasste einen Entschluss. Er wollte Kontakt zu den beiden Kindern haben und sie nach Möglichkeit aus den Fängen der SS befreien.

Nachdem Alice wieder gesund und in das Gau-Kinderheim entlassen war, besuchte der Onkel die beiden Mädchen. Er war glücklich, auch Daria wirklich dort zu treffen, so wie es Alodia gesagt hatte.

Der erste Besuch von Onkel Zygmunt im Kinderheim war zunächst vielversprechend. Er durfte mit den beiden Kindern allein reden, sie zeigten ihm ihr Zimmer und die Spielsachen, die sie dort hatten. Er hatte ihnen Geschenke mitgebracht, und die Kinder waren froh, endlich wieder ein vertrautes Gesicht zu sehen.

Bei diesem einen Besuch wollte es Zygmunt aber nicht

bewenden lassen, er hatte das Bedürfnis, die beiden Kinder öfter zu sehen. Deswegen sprach er bei der Lagerleitung vor.

»Wenn Sie die Kinder öfter sehen wollen, müssen Sie eine Bescheinigung der Gestapo-Verwaltung in Posen vorlegen!« Mit diesem Hinweis wurde er von der Leiterin des Heimes verabschiedet.

Der Onkel wusste natürlich, dass er eine solche Bescheinigung niemals bekommen würde. Die Verbindung zu Dr. Witaszek, seinem Schwager, würde der Gestapo durch die Anfrage noch einmal so richtig bewusst werden, und nicht nur er, sondern auch seine Frau würde womöglich festgenommen werden. Nein, diesen Weg würde er nicht gehen, das war ihm schon klar, ehe er das Gebäude verließ.

Draußen im Park begegnete ihm der Gärtner. Ein Gedanke durchzuckte ihn. Ob er es wagen sollte, den Mann anzusprechen? Er tat es, zunächst etwas zögerlich, weil er den Gärtner nicht einschätzen konnte. Doch nachdem sie einige Sätze über das Kinderheim gewechselt hatten und Onkel Zygmunt glaubte, er könne dem Mann vertrauen, sagte er, er würde ihm Geld und Familienschmuck geben, wenn der Gärtner helfe, dass er die beiden Mädchen mitnehmen könne. Onkel Zygmunt war fest entschlossen, seine Nichten aus der Gewalt der SS-Frauen zu befreien.

Der Gärtner hatte offenbar Verständnis für die Situation des Mannes und willigte ein. Er würde sich etwas einfallen lassen, wie er die Kinder aus dem Heim herausschaffen könne. Es sei nicht das erste Mal, dass Kinder aus dem Heim geschmuggelt würden. Er habe davon gehört, dass eine Mutter einen Müllmann bestochen hätte, der das Altpapier im Heim abholte. Mitten in dem Papierberg versteckt, den er auf seine Karre geladen hatte, habe er das Kind nach draußen gebracht und der Mutter übergeben. Eine zweite Flucht sei geglückt, als ein Kind in einem Wäscheberg versteckt aus dem Heim geschmuggelt wurde. Warum solle ihm nicht auch etwas einfallen, um Onkel Zygmunt und vor allem den beiden Mädchen zu helfen?

Der Gärtner vereinbarte mit dem Onkel der Kinder einen Termin nach der Jahreswende, Anfang Januar 1944. Sie legten Tag und Ort für die Übergabe fest.

Für Onkel Zygmunt war es schwer, die beiden Nichten über Weihnachten und Neujahr in dem Heim zu wissen. Die Zeit schien sich zu dehnen. Aber schließlich kam der Tag, an dem er den Gärtner treffen wollte.

»Die Kinder sind nicht mehr im Heim. Sie wurden verlegt«, lautete die Nachricht, die er für den Onkel hatte. Zygmunt konnte es nicht fassen! Wohin man die Kinder gebracht habe, wusste der Gärtner nicht. Es komme ständig vor, dass Kinder an unbekannte Orte gebracht würden. Niemand außer der Heimleitung habe darüber irgendwelche Informationen.

»Sie werden sicher auch nichts herausfinden, wenn Sie sich persönlich auf die Suche begeben,« meinte er. »Abgesehen davon, dass es gefährlich für Sie sein kann, haben die Kinder mit Sicherheit eine neue Identität. Neue Namen, andere Geburtsdaten. Diese Kinder sind für Angehörige unauffindbar.«

Der Gärtner konnte Zygmunt gut verstehen, wie er so hilflos vor ihm stand. Gerne hätte er ihm geholfen. Doch dafür war es zu spät.

Es war Absicht der SS, den Weg der geraubten Kinder restlos zu verschleiern, damit niemand ihre Spur jemals finden und die Adoptiveltern ausfindig machen konnte.

Onkel Zygmunts Suche nach den Kindern

In der Familie sprach sich schnell herum, dass Alodia und Daria an einen unbekannten Ort verlegt worden waren. Halinas Brüder schrieben sich, trafen sich, beratschlagten, wie sie etwas über die beiden Mädchen in Erfahrung bringen könnten. In dem Heim, in dem Alodia und Daria zuletzt gewesen waren, bekamen sie keine Auskunft. Eine Alodia und Daria Witaszek habe es dort nie gegeben.

Aber irgendwo mussten sie doch sein? Kinder konnten sich doch nicht in Luft auflösen. Aber wer konnte ihnen etwas über den Verbleib der Mädchen sagen?

Zu ehemals polnischen Stellen mussten sie erst gar nicht gehen, die waren alle fest in deutscher Hand. Und würde es etwas bringen, wenn sie bei deutschen Behörden nachfragten? Würde man ihnen dort eine verlässliche Auskunft geben?

Zygmunt überlegte, fragte in der Familie und im Freundeskreis nach, welche Stellen in Deutschland zuständig sein könnten. Er bekam sogar eine Auskunft. Er solle sich an das Hauptamt für Volkswohlfahrt wenden, riet man ihm. Wenn jemand etwas wüsste, dann diese Stelle.

Und Zygmunt schrieb an die NSDAP-Gauleitung, Hauptamt für Volkswohlfahrt in Linz. Er schrieb, dass seine beiden Nichten Alodia und Daria Witaszek zuletzt im Gau-Kinderheim in Kalisz untergebracht gewesen seien und von dort verlegt wurden. Auf Nachfrage habe er in dem Heim aber keine Auskunft erhalten. Er bat freundlich darum, ihm etwas über den Verbleib der beiden Mädchen mitzuteilen.

Zwei Wochen danach erhielt er von der Stelle in Linz folgende Antwort:

Betrifft: Unterbringung Ihrer Nichten
Witaszek Alodia und Daria
Auf Ihr Schreiben vom 14. dieses Monats teile ich Ihnen mit, dass die beiden von Ihnen bezeichneten Kinder Witaszek sich in keiner Jugendhilfestätte des Gaues Oberdonau befinden.
Heil Hitler
Der Leiter der Stelle Jugendhilfe
Name (unleserlich)
Obereinsatzleiter

Einen fast wortgleichen Antwortbrief erhielt er wenige Tage später von der Organisation »Lebensborn«.

Die Verzweiflung in der Familie war groß. Sie hatten so sehr auf eine positive Nachricht gehofft.

Wie sollten sie nun mit den beiden Briefen umgehen? Sollten sie weitersuchen, in einem anderen Gau? Und sollten sie Halina Bescheid sagen, dass ihre beiden Mädchen weg waren? Verschwunden! Nein, das würden sie auf keinen Fall tun. Sie wollten Halina mit dieser Information nicht noch mehr belasten. Sie hatte es ja ohnehin schwer genug, und von Auschwitz aus würde sie erst recht nichts unternehmen können, ihre beiden Töchter zu finden.

In der Familie war man aber ziemlich sicher, dass die beiden Mädchen noch lebten. Auch bis zu ihnen war die Nachricht gedrungen, dass die Deutschen systematisch Kinder aus den von ihnen besetzten Ländern zunächst in Kinderheimen »germanisierten«, wie die Nazis das nannten, und später an deutsche Familien zur Adoption weitergaben.

Der Familie blieb nur die Hoffnung, später etwas über die beiden Mädchen zu erfahren. Später, wenn der Krieg zu Ende wäre. Später, wenn Deutschland besiegt war. Später, wenn Halina wieder zurück war. Später, später …

Lebensborn-Kinderheim Bad Polzin

Alina und Daria waren in ein Heim des Vereins Lebensborn e. V. in Bad Polzin verlegt worden. Die Stadt, die seit Kriegsbeginn von Deutschen besetzt war, hatte dem Verein ein Sanatoriumsgebäude geschenkt, in dem die Kinder und das Personal lebten.

Hier war alles anders als in Litzmannstadt und auch in Kalisz. Das fiel den beiden Mädchen sofort auf. Hier gab es weder Kapos noch böse und strenge SS-Frauen, die die Kinder anbrüllten und schlugen. Hier arbeiteten Krankenschwestern, die ganz ruhig mit den Kindern redeten und

Das Lebensborn-Heim in Bad Polzin

ihnen alles erklärten. Es gab auch einige SS-Männer, doch die waren nicht für die Kinder zuständig, sie arbeiteten in den Büros. Aber selbst diese Männer waren nett und höflich zu den Kindern.

Alice und Dora, wie sie jetzt hießen, wurden zusammen mit anderen etwa gleichaltrigen Kindern im Erdgeschoss untergebracht. Sie bekamen sogar ein richtiges Bett mit weißer Bettwäsche, nicht wie in Litzmannstadt nur eine Pritsche mit verlausten dünnen Decken und etwas Stroh, das sie nachts stach. Hier brannte sogar immer ein kleines Licht, wenn es Nacht war.

In dem Haus gab es Zimmer mit ganz viel Spielzeug, und es machte den beiden Spaß, all die schönen Dinge benutzen zu dürfen. Doch das Beste, fand Alice, war das Schwimmbad. So oft wie möglich ging sie dorthin, planschte mit den anderen Kindern im Wasser oder probierte zu schwimmen.

Im ersten Stock befanden sich die Säuglinge zusammen mit ihren Müttern, eine Etage darüber waren die etwas älteren Babys ohne ihre Mütter. Die hatten das Heim schon wieder verlassen, weil die Kinder, die sie zur Welt brachten, für Adoptionen vorgesehen waren.

Alle Kinder, die in dem Haus wohnten, sollten neue Familien bekommen. Auch Alice und Dora wurden darauf vorbereitet.

Ihnen wie auch den anderen etwa gleichaltrigen Kindern erklärten die Schwestern, dass sie nur vorübergehend hier in dem Haus seien. Ehepaare, die keine Kinder hätten, würden kommen und sich eines aussuchen, das sie dann mitnähmen und wie ein eigenes Kind aufziehen würden.

»Deswegen ist wichtig,« erklärten die Schwestern, »dass ihr gut Deutsch sprechen könnt. Darum unterhalten wir uns auch hier nur in dieser Sprache. Wer sich nicht daran hält«, wurden die Kinder ermahnt, »der muss sich dann mal in einem dunklen Raum überlegen, ob das in Zukunft noch mal passiert!«

Nicht nur, wenn einem der Kinder aus Versehen ein polnisches Wort herausrutschte, sondern auch bei anderen kleinen Verfehlungen mussten die Kinder in den Keller und eine Weile barfuß auf dem kalten Zementboden stehen.

Während die Erinnerungen an Litzmannstadt und Kalisz, die sie als schmutzig und grau empfand, langsam verblassten, freute sich Alice zunehmend darauf, noch einmal Eltern zu bekommen. Das war das Thema, über das die Schwestern oft mit den Kindern redeten. Und alle malten sich untereinander aus, wie ihre zukünftige Familie wohl sein würde. Wenn sie im Speisesaal saßen, schauten sie aus dem Fenster, in der Hoffnung, die neuen Eltern würden gerade in diesem Augenblick eintreffen.

Alice musste oft aus dem Fenster schauen, bis ihre neue Familie endlich kam. Die Familie bestand zunächst einmal nur aus der Mutti. Der Vater, so erfuhr sie später, war als Soldat im Krieg.

Alice war schon für die Familie bestimmt. Ein anderes Kind konnte die Frau nicht aussuchen. Entweder Alice oder keines.

»Ein Geschenk des Führers«

Am 24. April 1944 war sie da. Die neue Mutter. Die Wartezeit war endlich vorbei. Die Frau schaute Alice an. Das Mädchen war blond, fast weißhaarig, hatte blaue Augen und einen zierlichen Körperbau.

Ob die Schwarze und die Weiße zusammenpassen?, war einer ihrer ersten Gedanken, als sie Alice sah, denn sie selbst schaute vollkommen anders aus. Sie hatte schwarzes Haar, war klein und korpulent. Doch schon nach wenigen Tagen konnte sie die Frage mit einem sicheren Ja! beantworten.

»Das ist deine neue Mutter!«, wurde die Frau Alice vorgestellt.

Ganz kurz blitzte in dem Mädchen noch einmal das Bild ihrer leiblichen Mutter auf. Die war groß und schlank gewesen, hatte braunes Haar gehabt und ganz anders ausgesehen als die, die jetzt vor ihr stand.

Dann redete die Schwester mit der neuen Mutter: »Alice ist ein Waisenkind, die Familie ist im Krieg umgekommen, und nur sie und ihre kleine Schwester Dora haben den Bombenangriff überlebt.«

»Es gibt noch eine Schwester?«, fragte die neue Mutter. »Kann ich sie auch mit aufnehmen, damit die Kinder nicht auseinandergerissen werden?«

»Leider ist das nicht möglich«, wurde ihr erklärt. »Es gibt so viele Familien, die gern ein Kind aufnehmen möchten. Einige wollen auch keine Säuglinge haben, wie wir sie ja genauso vermitteln, sondern entscheiden sich bewusst für etwas ältere Kinder. Sie müssen verstehen, da sind Söhne oder Ehemänner im Krieg gefallen, und dann werden bald helfende Hände gebraucht, die entweder im Haushalt oder auch in einem Betrieb mit anpacken können.«

Bedauernd nickte die Frau. Gerne hätte sie beide Mädchen genommen, allein schon, um die Geschwister nicht voneinander zu trennen.

Die Schwester überreichte der neuen Mutter die Geburtsurkunde des Mädchens. »Alice Wittke« war als Name eingetragen, und das Geburtsdatum, nichts weiter.

»Der Krieg,« entschuldigte sich die Schwester für den fehlenden Geburtsort.

Die Schwester überreichte Alice ihrer neuen Mutter wie ein Geschenk des Führers.

»Dafür arbeiten wir hier in diesem Heim. Den Kindern soll es gut gehen, damit sie, ganz im Sinne unseres Führers, nach dem Verlust ihrer Familien, gute Deutsche werden. Ich bin sicher, Alice wird es bei Ihnen gut haben, denn Sie wurden ja als zukünftige Eltern sorgfältig ausgewählt. Bis zu dem Zeitpunkt, an dem die Adoption gültig wird – ich denke doch, dass Sie das Kind adoptieren möchten –, haben noch wir die Vormundschaft. Wenn etwas sein sollte, können Sie sich zu jeder Zeit an uns wenden.«

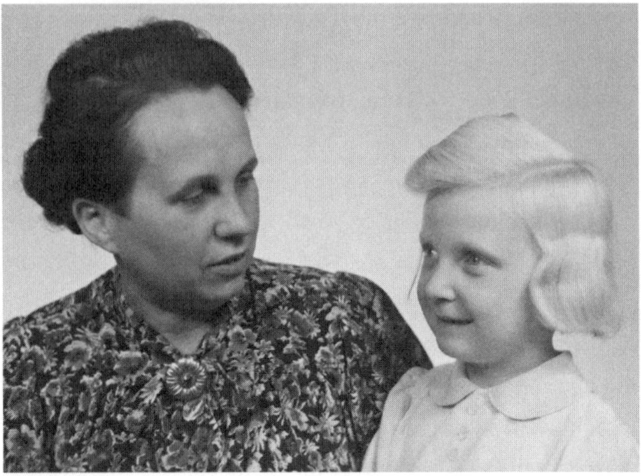

Alice zusammen mit ihrer deutschen Mutti Luise Dahl

Was man der neuen Mutter bewusst verschwieg: Alice war keine Deutsche, sondern ein in Polen geraubtes Kind, das schon viele Stationen hinter sich hatte, bevor es nun noch einmal eine Familie bekam.

Alice und Dora mussten sich in dem Heim voneinander verabschieden. Sie wussten nicht, ob sie sich jemals wiedersehen würden.

Die neue Mutter fuhr mit dem Kind zusammen nach Stendal bei Magdeburg, das Alices neues Zuhause werden sollte.

Ein neues Zuhause

Für Alice begann in Stendal eine schöne Zeit. Ihre neue Mutter war eine sehr warmherzige Frau, die sie bei jeder Gelegenheit in den Arm nahm, drückte und küsste. Alice nannte sie »Mutti«. Und Mutti war immer für sie da, weil es keine anderen Kinder im Haus gab.

Wenn Mutti aus dem Rathaus kam, wo sie als Stenotypistin arbeitete, unternahmen die beiden immer

Alice vor dem Uenglinger Tor in Stendal

irgendwas. In den Sommermonaten zeigte die Mutti Alice Stendal. Sie liefen durch alle Straßen und Gassen, sie liefen an der Uchte entlang, einem kleinen Flüsschen, sie schauten in Gärten, denn Frau Dahl wollte, dass Alice die Stadt als ihre Heimat betrachten und annehmen sollte.

An Regentagen blieben sie zu Hause, spielten miteinander oder bastelten. Und wenn Alice irgendwas brauchte, bekam sie es.

Die Informationen, die Luise Dahl über ihre Tochter hatte, waren äußerst spärlich. Hätte sie gewusst, wo sie geboren wurde, dann hätte sie sich mit der dortigen Kir-

Alices erster Schultag in Stendal

chengemeinde in Verbindung setzen können, um zu erfahren, ob und auf welchen Glauben Alice getauft war. Denn das war ihr wichtig. Wenn das Kind bei ihr und ihrem Mann blieb, dann sollte es auch getauft sein und dem evangelischen Glauben angehören, so wie sie und ihr Mann.

Da ihr diese Angaben aber fehlten, setzte sie sich mit dem Pfarrer ihrer Kirchengemeinde in Verbindung und vereinbarte, dass Alice eine evangelische Taufe erhielt.

Der Sommer ging vorbei und Alice wurde eingeschult. Am 1. September 1944 war es so weit. Alice kam in die erste Klasse der Volksschule in Stendal. Ihren Mitschülern fiel nicht auf, dass sie in Wahrheit keine Deutsche war, denn sie sprach inzwischen fließend ihre Sprache.

Alice mochte die Schule, sie mochte es, zu lernen, sie mochte die Kinder, die sie dort jeden Tag traf und mit denen sie spielen konnte. Sie war eine gute Schülerin und eine beliebte Freundin.

Der Krieg, der immer noch andauerte, ging nicht spurlos an Stendal vorbei. Die Stadt wurde zum Angriffsziel der alliierten Streitkräfte, weil in einem Stadtteil ein Jagdgeschwader stationiert war. Besonders im Frühjahr 1945 gab es mehrere Luftangriffe, die die Stadt und das Umland trafen.

Alice und ihre Mutter suchten bei Fliegeralarm Zuflucht im Keller ihres Hauses. Es war zwar kein ausgewiesener Luftschutzraum, aber sie hatten doch das Gefühl, dort unten etwas sicherer zu sein. Wenn sie die Detonationen draußen hörten, kauerten sie sich in eine Ecke und setzten sich Kochtöpfe auf ihre Köpfe, von denen sie hofften, sie würden sie im Notfall ein bisschen schützen. Alice hätte sich lieber die Ohren zugehalten, damit sie den Lärm der Flugzeuge nicht hörte, doch der Topf versperrte ihren Fingern den Weg zu den Ohren. Sie hatte Angst und drückte sich ganz nah an ihre Mutti. Hoffentlich ist bald alles vorbei, wünschte sie sich.

Über Ostern 1945 fuhren Alice und ihre Mutti nach Paris. Es war eine aufregende Fahrt für das Mädchen, hatte sie doch noch nie eine so lange Zugfahrt gemacht. Und dann nach Paris! Doch es gab noch einen Grund, warum Alice sehr aufgeregt war. Sie würde dort zum ersten Mal ihren neuen Vater treffen. Bislang hatte sie ihn nur auf Fotos gesehen. Ob sie sich mit ihm auch so gut verstehen würde wie mit ihrer Mutti?

Alice war für den Vater, der in Paris in einem Lager interniert war, so etwas wie eine Hoffnung, etwas, das ihm eine Zukunftsperspektive aufzeigte. Er mochte Alice von Anfang an und konnte es kaum abwarten, endlich wieder zu Hause zu sein, bei seiner Frau und dem Mädchen. Die Aussicht darauf ließ ihn die Zeit im Lager leichter ertragen.

Als sie nach Ostern von der langen Reise aus Paris zurückkamen, hatte Mutti noch eine Überraschung für Alice. Als Ostergeschenk bekam sie Stelzen, die sich bald als sehr nützlich erweisen sollten. Auch andere Kinder in

Alice mit Cousinen

der Verwandtschaft und aus der Straße hatten aus diesem Anlass das gleiche Geschenk bekommen.

Bei einem Bombenangriff nach Ostern wurden nicht nur einige Häuser in ihrer Straße zerstört, durch die Druckwellen zerbarsten auch sämtliche Fenster der noch stehenden Häuser. Die Straße war übersät mit Glasscherben. Da waren die Stelzen sehr nützlich, um sich ohne Schnittverletzungen fortbewegen zu können.

Doch es waren nicht nur die Glasscherben, die Alice und auch die anderen Kinder zu sehen bekamen. Überall lagen Leichenteile herum. Menschen, die es nicht mehr rechtzeitig geschafft hatten, waren Opfer des Luftangriffs geworden.

Die Amerikaner und Engländer waren die Ersten, die in die Stadt einmarschierten. Der Bürgermeister übergab sie am 13. April den Amerikanern und trat von seinem Amt zurück. Josef Göbbels* bezeichnete die Bürger der Stadt für die »feige Übergabe« als ehrlos.

Die Amerikaner, Franzosen und Engländer waren besonders bei den Kindern beliebt, schenkten sie ihnen doch Schokolade, Kaugummi, Bälle und andere Spielsachen.

Trotz der vielen grauenvollen Bilder zu Ende des Krieges gab es für Alice in dieser Zeit auch erfreuliche Ereignisse. Frau Dahl und ihr Mann, der noch immer in Frankreich interniert war, hatten beschlossen, Alice zu adoptieren. Der Wunsch zur Adoption bestand von dem Tag an, an dem sie Alice kennenlernten. Allein der Krieg hinderte sie daran, sie auch unmittelbar durchzuführen.

Nach Kriegsende stand sie unter der Amtsvormundschaft des Jugendamts Stendal. Von dort wurden auch die für die Adoption notwendigen Formalitäten durchgeführt. Das Ehepaar Dahl – der Mann war mit Kriegsende aus dem Internierungslager in Paris zurückgekehrt – wurde erneut begutachtet und für würdig befunden, ein Kind zu adoptieren. Am 18. November 1946 wurde die Adoption amtlich vollzogen. Damit hatte Alice alle Rechte, wie sie auch eheliche Kinder haben, und natürlich wurde mit der Adoption auch ihre deutsche Staatsbürgerschaft bestätigt.

Alice bekam einen zweiten Vornamen, Luise, den Vornamen ihrer Mutti. Als Geburtsdatum wurde der 3. Januar 1938 eingetragen, als Geburtsort nun Stendal festgelegt. Das Geburtsdatum des Kindes hatten die Nazis nicht geändert.

Alice fühlte sich in ihrer neuen Familie wohl. Von ihrer Mutti und ihrem Papa wurde sie geliebt. Sie hatten nur dieses eine Kind und verwöhnten es von früh bis spät. Alice ging zur Schule, war eine gute Schülerin, die nicht nur die Eltern, sondern vor allem sich selbst mit guten Leistungen glücklich machte. Sie hatte Freundinnen gefunden, mit denen sie sich nachmittags traf.

Je mehr Zeit verging, desto mehr verblassten die Erinnerungen an ihre Geschwister und ihre Verwandten in Polen. Selbst die Erfahrungen in Litzmannstadt und in dem Gau-Kinderheim in Kalisz traten in den Hintergrund. Sie hatte eine Familie, in der sie glücklich war.

Alice erkundet ihre neue Heimat und wird von ihrer neuen Mutter fotografiert

Teil III

Lager

Und zweifellos wusste ich, aus der
archaischsten Tiefe eines inneren Wissens,
dass ich wiederaufleben, den Lauf eines
möglichen Lebens wieder aufnehmen würde.

Jorge Semprun

Ankunft in Auschwitz

In Fünferreihen gingen die Frauen vom Bahnhof Birkenau zu dem gleichnamigen Konzentrationslager. Auch die Männer, die mit im Zug waren, mussten sich aufstellen, doch sie wurden zum Stammlager Auschwitz geführt.

Halina blickte sich nach ihrer Schwiegermutter um. Sie achtete darauf, dass sie immer eng zusammenblieben. Das wenige Gepäck, das sie dabeihatten, mussten sie auf der Rampe zurücklassen. Es würde ihnen mit einem Lkw nachgeliefert, hieß es.

Begleitet wurden die Frauen von bewaffneten SS-Männern und bellenden Hunden. Die Gewehrläufe waren stets auf die Frauen gerichtet und flößten ihnen Angst ein.

Wo waren sie hier gelandet? Was erwartete sie hier? Würden sie arbeiten müssen, oder war das auch ein Lager, ähnlich wie das Fort VII, in dem sie überwiegend zum Nichtstun verdammt gewesen waren?

Solche Fragen gingen Halina und auch, wie sich in späteren Gesprächen herausstellte, vielen anderen Frauen durch den Kopf.

Doch spätestens nachdem sie das Lagertor passiert hatten und von brüllenden und knüppelnden Kapos weitergetrieben wurden, traten die Fragen in den Hintergrund. Halina merkte, wie sich Panik in ihr ausbreitete.

Auch die anderen Frauen schauten ängstlich nach beiden Seiten.

Doch es gab etwas, was sie noch mehr irritierte. Ein entsetzlicher Gestank schlug ihnen entgegen, den sie schon vor dem Lager bemerkt hatten. Hier drinnen aber wurde er noch wesentlich schlimmer. Die ganze Luft war von dem beißenden Geruch erfüllt. Keine der Frauen hatte so etwas schon mal gerochen. Was war das? Was wurde hier verbrannt?

Sie sahen aufsteigende Rauchsäulen am Ende der Lagerstraße. Der Qualm wurde vom Wind über das ganze Areal verteilt, und noch darüber hinaus. Nichts, was sie je gerochen hatten, ließ sich mit diesem schrecklichen Gestank vergleichen.

Ringsum wurde das Lager von einem Stacheldrahtzaun begrenzt, der, wie Halina vermutete, wahrscheinlich unter Strom stand. Denn überall sah sie die Warnschilder:

VORSICHT
Hochspannung
Lebensgefahr!

Aber auch innerhalb des Lagers gab es Bereiche, die mit Stacheldraht eingezäunt waren. Auf den Wachtürmen, die man durch den Qualm erkennen konnte, standen Soldaten mit dem Gewehr im Anschlag. Bestimmt würden sie sofort losschießen, wenn es zu Unruhen unter den Gefangenen kam.

Die Frauen wurden in einen Block geführt, wo man sie unmissverständlich aufforderte, alle mitgebrachten Lebensmittel abzugeben. Die, die vorher im Gefängnis in Posen gewesen waren, besaßen ohnehin nichts, was sie hätten hergeben können. Doch andere, die man zu Hause abgeholt hatte, griffen in ihre Jacken- und Manteltaschen und legten alles auf einen Tisch, der an der Wand stand.

Als Nächstes wurden alle Frauen registriert. Name, Vorname, Geburtsdatum und Geburtsort, Familienstand, Wohnort, all das mussten sie einem Häftling angeben, der in einem gestreiften Anzug an einem weiteren Tisch saß. Sämtliche Daten wurden auf einer Karteikarte festgehalten. Ferner sollten sie die Namen und Adressen von Angehörigen nennen, denen sie Briefe schreiben wollten, sofern sie dazu die Erlaubnis bekämen. Halina nannte ihren Onkel Antoni und ihren Bruder Zygmunt.

Was danach folgte, irritierte nicht nur Halina, sondern auch alle anderen Frauen. Sie wurden alphabetisch aufgerufen, mussten vortreten, ihren linken Unterarm frei machen und ihn auf einer Tischplatte platzieren. Wieder war es ein Häftling in gestreifter Kleidung, der ihnen eine Zahl in den Unterarm tätowierte. Er tat es, ohne die Frauen anzuschauen.

Halina biss die Zähne zusammen, als sie ihre Nummer bekam. Es tat weh, aber sie wollte dem SS-Mann gegenüber, der die Prozedur überwachte, keine Schwäche zeigen.

»Das ist jetzt dein Name!«, brüllte er Halina an. »Wenn

diese Nummer aufgerufen wird, hast du dich sofort zu melden! Verstanden?«

»Ja«, sagte Halina mit brüchiger Stimme, was dem SS-Mann offensichtlich gefiel. Er grinste. Anscheinend genoss er es, wenn die Gefangenen Angst vor ihm hatten. Halina hatte aber eher Angst vor dem Gewehr, das er unter seinen rechten Arm geklemmt hielt. Wer ein Gewehr hat, hat auch die Macht, dachte Halina, denn das kannte sie. Als sie in Posen aus ihrem Haus vertrieben wurden, waren es ebenfalls die Gewehre der SS-Männer gewesen, die Halina und ihre Familie gezwungen hatten, dem Befehl zu folgen.

Der Häftling hatte ihr die Nummer 39447 in den Unterarm tätowiert. Doch was hatte diese Zahl zu bedeuten? Mit ihren persönlichen Daten konnte Halina sie nicht in Verbindung bringen. Erst als sie sah, dass ihre Schwiegermutter die Nummer 39446 hatte, ahnte sie, dass es die Zahl der im Lager registrierten Frauen sein musste.

Ihr nächster Weg führte sie in die Sauna*. Hier mussten sie sich ausziehen, ihre Kleidung zusammenfalten und wieder auf einem an der Wand stehenden Tisch ablegen. Im ersten Raum, den sie danach in Zweierreihen betraten, wurden sie geschoren. Alle Kopf- und Körperhaare wurden ihnen entfernt. Durch einen Gang gelangten sie weiter in den Duschraum. An der Decke waren Duschköpfe befestigt, aus denen kaltes Wasser kam. Die meisten Frauen nutzten trotz der Kälte des Wassers die Gelegenheit, sich gründlich zu waschen und auch etwas zu trinken, selbst wenn das Wasser unangenehm brackig schmeckte. Nach der langen Fahrt im Zug spürten sie Durst und fühlten sich schmutzig.

Die Kleider, die sie danach bekamen, hatten offenbar Einheitsgrößen. Für jede gab es eine Unterhose und ein Kleid aus grobem Leinenstoff, der auf der Haut scheuerte.

Es war bereits dunkel, als sie über einen schlammigen Weg den Block 15 erreichten, der ihre Unterkunft sein sollte. Eine schwache Glühbirne, die bloß in einer Fassung an einem Balken hing, ließ sie ahnen, wo sie gelandet waren. Sie standen in einem Backsteinbau mit gestampftem Lehmboden. Lediglich kleine Fenster würden bei Tageslicht den Raum etwas erhellen. Durch breite Spalten zwischen den Wänden und dem Dach drang kalte Luft herein.

Sowohl an den Außenwänden als auch in der Mitte hatte man Nischen gemauert, in denen es auf drei Etagen übereinander Bretter gab. Das sollten die Betten sein. Doch keine der Frauen bekam so eine Schlafetage für sich allein. Sie mussten sich zu dritt die kleinen Flächen teilen. Die Decken, die sie bekamen, waren dünn und schmutzig. Sie würden nicht ausreichen, um einen in den kalten Nächten zu wärmen. Insofern war es sogar von Vorteil, nicht allein auf der Pritsche zu liegen, denn zu dritt konnten sie sich wenigstens gegenseitig ein bisschen wärmen.

Ganz unerträglich war die Toilettenanlage, die zu dem Frauenblock gehörte. Sie bestand aus einer Betonplatte, die sich fast durch den gesamten Raum erstreckte und kreisrunde Öffnungen hatte. Es war kein Ort, an dem man allein seine Notdurft verrichten konnte. Immer würden auch andere im Raum sein. Das sahen die Frauen auf den ersten Blick.

Besonders morgens und abends war der Besuch der Toilette entwürdigend. Ein Kapo befahl ihnen, sich alle gleichzeitig auf die Öffnungen zu setzen. Dann gab er ihnen zwei Minuten Zeit. Danach war die nächste Gruppe dran.

Bei ihrem ersten Aufenthalt auf der Toilette suchte Halina Toilettenpapier und fragte schließlich den Kapo. Ein hämisches Lachen war die Antwort.

In den ersten Wochen durften die Frauen ihren Block nicht verlassen, sie standen unter Quarantäne, weil man bei neu angekommenen Häftlingen befürchtete, sie könnten ansteckende Krankheiten ins Lager einschleppen. Wegen der Quarantäne hatten die Frauen morgens nach dem Appell nichts zu tun. Damit keine Langeweile aufkam, setzten sie sich in einem Kreis vor den Block und sangen polnische Volkslieder.

Halina dachte dabei jedes Mal an ihre Kinder und ihren Mann. Wie oft hatte er abends, wenn er nach Hause kam, ihnen vorgesungen, oder sie hatten es gemeinsam getan.

Ob jetzt auch jemand mit ihnen singt?, überlegte sie. Weil sie keine Antwort fand, beschloss sie, das alles nachzuholen, später, wenn das Ganze vorbei wäre. Manchmal kam es ihr vor, als wenn alles nur ein Spuk sei, der jeden

Moment ein Ende finden musste. Aber nichts war zu Ende, es ging weiter und wurde immer schlimmer.

Die Verpflegung im Lager war unzureichend, auch wenn die Frauen noch nicht arbeiten mussten und von daher weniger Kalorien verbrauchten. Morgens gab es eine dunkle Brühe, die weder Kaffee noch Tee war, dazu etwas Brot, mittags eine wässrige Suppe, in der manchmal Kräuter oder Kartoffelschalen schwammen, nie aber ein Fettauge, und abends bekamen sie wieder ein Stück Brot, manchmal mit etwas Margarine oder einem Stückchen Hartkäse.

Ob sie hier auch Briefe schreiben dürften, ähnlich wie sie das im Fort VII in Posen getan hatten, um ihre Verwandten um ein paar Lebensmittel zu bitten?, überlegte Halina.

Doch es gab eine Rettung, die schneller wirkte. Sophie, Halinas Nachbarin aus Posen, war ebenfalls im Lager. Als Sophie erfuhr, dass Halina im Frauenblock war, überlegte sie, wie sie der Freundin helfen könnte. Da sie in der Brotkammer arbeitete, steckte sie sich eines Abends ein paar Stücke Brot in die Schürze, ging auf Halina zu, die sich gerade auf dem Platz vor dem Block aufhielt, und umarmte sie herzlich. Dabei steckte sie ihr das Brot heimlich zu.

Sophie war nicht nur eine Rettung für Halina, sondern auch für die anderen Frauen, mit denen Halina das Brot teilte.

Seit dieser ersten Begegnung kam Sophie, sooft sie

konnte, und brachte jedes Mal Brot mit. Sie wusste, dass das gefährlich war und es sie das Leben kosten konnte. Doch daran wollte Sophie nicht denken. Sie kannte aus eigener Erfahrung, wie schmerzhaft Hunger war und wie gut es tat, eine Zusatzration zu bekommen. Die Erinnerung daran überwog ihre Angst.

Neben dem Hunger waren es vor allem Krankheiten, die den Frauen zu schaffen machten. Bereits in den ersten Tagen litten viele von ihnen an Durchfall, der sie körperlich schwächte und für dessen Behandlung sie keine Medikamente hatten. In ihrer kurzen Zeit im Lager hatten sie schon mitbekommen, dass kranke und schwache Gefangene einfach aus den Blocks abgeholt wurden und nie mehr zurückkehrten. Wohin hatte man sie gebracht?

Erste Arbeitseinsätze

Als die Quarantäne-Zeit, die bei den Frauen um zwei Wochen auf insgesamt vier verlängert wurde, abgelaufen war, wurden sie zur Arbeit verpflichtet. Das Lager Auschwitz-Birkenau musste erweitert werden. Auf einem großen Areal sollten zusätzliche Gebäude entstehen, da offenbar mit einer noch größeren Anzahl von Menschen gerechnet wurde, die man hier internieren und entweder sofort ermorden oder so lange arbeiten lassen wollte, bis sie von selbst vor Erschöpfung starben.

Es waren mehrere kleine Dörfer mit Backsteinhäusern, die auf dem Lagergelände standen und deren polnische Besitzer man vertrieben hatte. Die Häuser sollten abgerissen und mit den noch brauchbaren Steinen neue Häuser errichtet werden, wie sie für das Lager gebraucht wurden.

Halina, ihre Schwiegermutter und einige weitere Frauen wurden einem Arbeitskommando zugeordnet, das die noch brauchbaren Backsteine für eine spätere Weiterverwendung aufstapeln sollte. Bei dieser Arbeit trafen sie auch auf männliche Häftlinge, die für den Abriss der Häuser zuständig waren, Männer, denen ihre Häftlingsanzüge zu weit geworden waren und in deren Gesichtern man die Angst und Hoffnungslosigkeit lesen konnte.

»Wir werden alle dort enden,« flüsterte einer der Männer Halina zu und nickte mit dem Kopf in Richtung der Rauchsäulen, die über den Krematorien standen. Inzwischen wussten die Frauen, was es mit dem Gestank im Lager auf sich hatte. Er kam von den verbrannten Toten.

Die Frauen mussten sich in einer langen Reihe aufstellen. Sie sollten die Steine, die ihnen zugeworfen wurden, auffangen und an die nächste weiterwerfen. Am Ende der Reihe standen drei Frauen, die die Steine aufeinanderschichten mussten.

Noch unerträglicher wurde die Arbeit, weil einige Kapos sie ständig antrieben, mit ihren Stöcken zuschlugen und ihre Hunde so nah an die Frauen heranließen, dass sie jederzeit zubeißen konnten. Schläge, Schreie und Gebrüll begleiteten die Frauen den ganzen Tag. Fast jeden Abend gab es Tote unter den Gefangenen, totgeschlagen vom Kapo, totgebissen von einem Hund.

Eine der Aufseherinnen, der Halina mehrmals begegnete, würde sie nie vergessen. Die Frau war jung, sie war blond, sie war hübsch, aber sie war auch grausam – Maria Mandl*. Sie war SS-Oberaufseherin im Frauenlager und von allen Frauen extrem gefürchtet. Sie war nicht nur zu den Selektionen an der Rampe eingeteilt, sondern beteiligte sich auch an den Auspeitschungen von weiblichen Häftlingen und war verantwortlich, dass mehrere Hundert Frauen zur sogenannten GU, der »gesonderten Unterbringung«, überstellt wurden. »Gesonderte Unterbringung« war in Auschwitz ein Tarnwort für »Gaskammer«. Einmal warf sie sogar ein neugeborenes Kind in den Hof vor einem Block, wo es von Ratten aufgefressen wurde.

Das mit den Steinen war Schwerstarbeit für die Frauen. Abends waren ihre Hände blutig und rissig. Völlig ausgehungert kamen sie zur Essensausgabe. Doch die Suppe, die man ihnen gab, war ungenießbar.

»Nicht einmal Hunde würden die schlabbern!«, meinte Halina wütend. Hungrig verbrachten sie die Nacht.

Tage später mussten sie schwere Holzbalken durch die Lagerstraße bis zu den neu entstehenden Gebäuden schleppen. Es war ein langer Weg mit dieser Last auf der Schulter. Halina dachte bei der Arbeit oft an Jesus, wie er sein schweres Holzkreuz nach Golgatha hatte tragen müssen. Ob diese Balken auch *ihr* Ende bedeuten würden, so wie das Kreuz für Jesus? Doch Halina wollte unbedingt durchhalten, nicht aufgeben. Immer wieder in solchen Momenten dachte sie an ihre Kinder. Für sie wollte sie überleben.

Am nächsten Tag wurden sie zum Glück zu einer leichteren Arbeit herangezogen. Unter der Aufsicht eines weiblichen Kapos mussten sie aus dem Lager raus, um Kräuter zu sammeln. Besonders Brennnesseln waren begehrt. Beim Passieren des Tors spielte das Mädchenorchester*. Es musste immer spielen, wenn Gefangene zum Arbeitseinsatz nach draußen geschickt wurden, und sie spielten auch, wenn die Gefangenen nach einem langen Arbeitstag müde und geschunden zurückkehrten.

Halina registrierte, dass, wenn neue Häftlinge durch

das Lagertor kamen, besonders fröhliche Lieder gespielt wurden. Was mochten die Gefangen dabei denken? Vielleicht: Wo Musik ist, kann es so schrecklich nicht sein?

Bei einem Arbeitseinsatz in unmittelbarer Nähe des Krematoriums wies der weibliche Kapo die Frauen an, Lieder zu singen. Ausdrücklich sollten sie laut und sogar polnische Lieder zu Gehör bringen. Halina hatte keine Erklärung dafür, befürchtete aber, dass gerade polnische Landsleute zu den Gaskammern geführt wurden. Halina hatte eine schöne Sopranstimme, mit der sie ein Solo sang.

Tatsächlich waren es polnische Landsleute, die, während Halina sang, in den sicheren Tod gingen. Der weibliche Kapo war erstaunt über Halinas Stimme, und so wurde sie später, wenn es Anlässe zum »Feiern« gab, aufgefordert, ihren Beitrag zu leisten. Aber sie musste von da an auch bei schweren Arbeiten singen. Einmal waren sie zur Heuernte eingeteilt. Die Luft war trocken, das Heu staubte, ihre Augen brannten, doch sie musste singen. Das war ein Befehl.

An dem Tag, als sie zum Kräutersammeln das Lager verlassen mussten, bekam Halina mit, wie ein paar Frauen, bewacht von SS-Männern und ihren Hunden, aus dem Lager geführt wurden.

»Die sind jung, die sind hübsch, die werden zur Prostitution gezwungen. Die müssen sich jetzt den Männern im Stammlager hingeben«, flüsterte ihr eine Frau zu.

Doch Halina war mit ihren Gedanken bei ihrer Schwiegermutter. Die war auch bei dem Arbeitseinsatz dabei gewesen, als sie die Ziegelsteine stapeln mussten. Inzwischen war sie so geschwächt, dass sie am nächsten Morgen nicht mehr zum Arbeitseinsatz konnte, sondern auf die Hilfe von Dr. Polka hoffte. Die junge Frau hatte mit Franciszek Witaszek, dem Sohn der Schwiegermutter, studiert. Nun war auch sie in Birkenau. Den Grund für ihre Internierung kannte sie nicht. Aber was waren das auch schon für Gründe, die die Deutschen vorbrachten, Menschen in solche Lager zu stecken?

Frau Dr. Polka konnte der Schwiegermutter zumindest vorläufig helfen. Sie stellte ihr eine Krankmeldung aus. Oft würde sie das nicht tun können, denn Häftlinge, die viel krank waren, liefen Gefahr, bei der nächsten Selektion als nicht mehr arbeitsfähig eingestuft zu werden. Was das bedeutete, wusste Frau Dr. Polka genau. Wie viele der Häftlinge, die zu ihr kamen, hatten sie angefleht, ihnen keinen Krankenschein auszustellen, sondern mit einem Medikament zu helfen. Doch den strengen Augen der Nazis entgingen die körperlichen Gebrechen nicht und die Menschen wurden noch am gleichen Tag ins Gas geschickt.

Wie lange würde Halinas Schwiegermutter noch durchhalten? Hatte sie die Kraft, noch wenigstens leichte Arbeit zu leisten? Halina wusste keinen Rat. Ihr schien alles vollkommen aussichtslos. Und mit diesem Gefühl sollte sie recht behalten. Schon nach wenigen Wochen starb ihre Schwiegermutter. Sie war zu alt, sie war zu schwach, um das Lagerleben länger durchzustehen.

Neben dem Kräutersammeln und gelegentlicher Feldarbeit mussten die Frauen auch immer wieder völlig sinnlose Arbeiten tun. An einem Tag sollten sie eine Grube ausheben, am nächsten Tag mussten sie sie wieder zuschütten. Es waren schwere Arbeiten, der Boden war hart und steinig. Halina schätzte, dass die SS mit diesen Arbeiten den Tod vieler Häftlinge beschleunigen wollte. Etliche Frauen waren auch tatsächlich schon sehr schwach. Durch die unzureichende Verpflegung würden sie nicht mehr lange durchhalten. Das sah Halina ihnen an.

Auch sie war inzwischen fast am Ende ihrer Kräfte. Sosehr sie sich vom ersten Tag an vorgenommen hatte, um ihrer Kinder willen das Lager zu überleben, schwand ihre Hoffnung doch zunehmend.

Und ein weiteres Problem tauchte auf. Durch die schwere körperliche Arbeit, die sie vor allem mit ihren Händen verrichten musste, bekam sie Schwielen und blutige Risse. Besonders in den offenen Wunden nisteten sich Läuse ein, die sich rasch vermehrten.

Auch Halina ging zu Frau Dr. Polka mit der Hoffnung, sie möge ein geeignetes Mittel für ihre Hände haben. Die beiden Frauen kannten sich gut, und die Ärztin überlegte fieberhaft, was sie für Halina tun könnte.

Zunächst einmal trug sie eine Salbe auf beide Hände auf und legte einen Verband an. Schließlich sagte sie: »Ich werde für dich eine leichte Arbeit finden. Du hast fünf Kinder zu Hause, fünf Kinder, die dich brauchen. Für sie musst du leben.«

Schon wenige Tage später löste sie ihr Versprechen ein.

Eine neue Aufgabe

Die Ärztin hatte Wort gehalten. Halina wurde nicht mehr zu schweren körperlichen Arbeiten herangezogen. Ihre Hände konnten ein bisschen abheilen, bevor sie den Befehl bekam, sich an einem Morgen Anfang Mai 1943 im Sanitärblock zu melden.

Der Sanitärblock lag gleich am Anfang der Lagerstraße. Es war das erste Gebäude direkt hinter dem Eingangstor. Die Holzbaracke besaß große lichtdurchlässige Fenster. Halina hatte den Block schon oft gesehen und wusste, dass sich hinter den Wänden eine Schreibstube, ein Arzt- und ein Wartezimmer sowie ein Labor befanden. Doch was dort gearbeitet wurde, wusste sie nicht. Sie hatte auch nie darüber nachgedacht.

Weil Halina gut Deutsch konnte, sollte sie in dem Gebäude sofort als Schreiberin anfangen. Das sagte ihr der Lagerarzt nach einem kurzen Eignungsgespräch. Doch bevor sie die neue Aufgabe antrat, sollten sich noch entscheidende Dinge ändern.

Aus der Kleiderkammer hatte man ihr ein Kleid geholt, das sie gegen ihr Häftlingskleid austauschen sollte. Das neue Kleid gefiel ihr, als sie sich in einem Spiegel betrachtete. Bloß vor ihrem Gesicht erschrak sie. Ihre Wangen waren eingefallen, unter den Augen hatte sie dunkle

Ringe, und nur sehr langsam wuchsen die geschorenen Haare wieder nach. Ihr Schädel glich mehr einem Stoppelfeld als dem Kopf einer Frau, die stets auf eine gepflegte Frisur Wert gelegt hatte. Vielleicht würde sich ihr Äußeres ja hier an dem neuen Arbeitsplatz wieder bessern. Auch die anderen Frauen, die im Sanitärblock arbeiteten, hatten wieder langes Haar, so viel hatte sie schon gesehen.

Die anderen Vorzüge registrierte sie erst im Laufe der Zeit. Sie war nicht mehr der Willkür der Kapos ausgesetzt, die sie zu irgendwelchen Arbeiten verpflichten konnten und dabei stets brüllten und brutal zuschlugen. Und sie musste nicht mehr im Freien arbeiten. Das war besonders bei Regen und kaltem Wetter ein großer Vorteil.

Noch etwas Entscheidendes erfuhr sie gleich am ersten Tag. Sie musste nicht mehr zurück in ihren Block 15, der sich mitten im Frauenlager befand. Sicher würde sie die eine oder andere Frau, mit der sie sich angefreundet hatte, vermissen. So vieles hatten sie gemeinsam durchgestanden, sich gegenseitig gestützt und Mut zugesprochen. Nun musste sie sich von ihnen trennen.

Doch im Sanitätsblock konnte sie neue Freundschaften schließen zu den Frauen, mit denen sie ab sofort das Zimmer teilte. Vier Betten gab es in dem Raum, für jede Frau eines. Richtige Betten mit Matratze, Kissen und Decke. Sie freute sich schon darauf, sich am Abend in dem einen auszustrecken, das man ihr zugewiesen hatte.

In der Schreibstube, in der Halina nun arbeitete, gab es Schreibtische, Aktenschränke und einen großen Eisenofen mit einem langen Rohr. Achtzehn Frauen arbeiteten in dem Raum, meist polnische und slowakische Juden. Obwohl sie die Anweisung hatten, nur Deutsch zu reden, unterhielten sie sich in unbeobachteten Momenten auf Polnisch.

Eine von Halinas neuen Aufgaben war es, die Toten zu registrieren, die entweder in den Blocks oder bei der Arbeit gestorben waren oder durch Suizid, indem sie in den Draht gingen. Außerdem sollte sie eventuelle Angehörige der Toten benachrichtigen. Halina musste wohl das Fragezeichen, das ihr offenbar im Gesicht stand, anzusehen gewesen sein, als sie überlegte, wie sie an all die Informationen herankommen sollte. Doch eine Kollegin klärte sie auf.

Von allen Häftlingen, die nicht gleich nach ihrer Ankunft ins Gas geschickt würden, sondern noch arbeiten müssten, werde eine Karteikarte angelegt. Halina erinnerte sich wieder, dass auch sie außer ihrem Namen, ihrem Beruf, Familienstand und ihrer Adresse auch Verwandte hatte nennen sollen, die sie anschreiben könne. Bei ihrer Ankunft war sie zu ängstlich und unsicher gewesen, um sich darüber Gedanken machen zu können. Jetzt erst verstand sie den wahren Sinn, wozu die Namen der Verwandten dienten. Die Karteikarten waren alle im Sanitärblock gelandet.

»Ja, aber auch die politische Abteilung im Stammlager verfügt über die gleichen Informationen, auch dort gibt es noch mal die gleichen Karten«, erfuhr Halina von einer Kollegin.

»Und worin besteht nun genau unsere Aufgabe?«, wollte Halina wissen.

»Wir bekommen jeden Tag die Informationen, welche Häftlinge gestorben sind.«

»Gestorben?« Halina schaute ungläubig. Ermordet wäre wohl die richtigere Bezeichnung gewesen. Doch diesen Gedanken behielt sie für sich.

»Ja, die vielen Toten, die es jeden Tag gibt, werden hier von uns registriert. Natürlich nur die, die noch arbeiten mussten. Die anderen«, sie zeigte mit der Hand in Richtung Krematorien am Ende der Lagerstraße, »das sind die ungezählten Toten.« Halina begann zu verstehen.

»Wir bekommen die Nummern der Toten, suchen die entsprechenden Karteikarten und versehen sie mit einem roten Kreuz. Verstorben! Dann beginnt die Arbeit. Für jeden Toten fertigen wir eine Sterbeurkunde in dreifacher Ausfertigung an. Ein Exemplar bekommt die politische Abteilung, ein Exemplar geht an die Angehörigen, und eine Urkunde kommt zu unseren Unterlagen.«

Halina entdeckte auf einem Schreibtisch eine leere Sterbeurkunde.

»Und was schreiben wir bei ›Todesursache‹?«, wollte sie wissen.

Ihre Kollegin schob ihr ein Papier zu, das sie lesen sollte. »Da steht alles drauf«, meinte sie, »vom Lagerarzt zusammengestellt.«

Halina schüttelte kaum merklich den Kopf, als sie die Anweisungen des Lagerarztes gelesen hatte. Sie war nun doch lange genug im Lager Birkenau, um zu wissen, dass das, was hier aufgelistet wurde, bei Weitem nicht die Haupttodesursachen waren: »Bei der Beurkundung der Sterbefälle sind folgende Ursachen anzugeben: Herzinsuffizienz, Herzmuskelschwäche, Herzklappenfehler, Meningitis, Ödeme, Durchfall, Altersschwäche und Körperschwäche.«

Und was war mit denen, die von den Kapos totgeschlagen wurden, oder den vielen, an denen die Ärzte sogenannte medizinische Versuche vornahmen?, überlegte Halina. Auch die Seuchen, die im Lager grassierten, durften nicht als Todesursache angegeben werden. Und für die, die das Leben nicht mehr aushielten und in den Draht gingen, musste ebenfalls eine Krankheit von der Liste ausgewählt werden.

Halina und die anderen Schreiberinnen arbeiteten jeden Tag zwölf Stunden. Karteikarten suchen, sie mit einem Kreuz versehen, die Namen mit dem Todesdatum in einem Totenbuch eintragen, Sterbeurkunden schreiben und die Angehörigen benachrichtigen. Auch für diese Briefe gab es Formulierungshilfen. »... bedauern wir sehr, Ihnen mitteilen zu müssen, dass Ihr Angehöriger am Soundsovielten an folgender Krankheit verstorben ist: ...« Briefe und Sterbeurkunden mussten dem diensthabenden Lagerarzt zur Unterschrift vorgelegt werden.

»Ich bin hier Arzt und hab andere Dinge zu tun, als Berge von Briefen zu unterschreiben!«, fluchte er an einem Tag, als weit über zweihundert Todesmeldungen verschickt werden mussten.

Wahrscheinlich hatte der Arzt an dem Tag einfach nur schlechte Laune, denn die Zahl der Meldungen war fast jeden Tag gleich hoch.

Neben der Schreibarbeit musste Halina auch eine Statistik über die im Lager vorherrschenden Krankheiten führen. Außer Fleckfieber und Typhus war das vor allem die Krätze, die in den meisten Fällen tödlich endete. Mit ihren schmutzigen Fingern versuchten die Häftlinge, den Juckreiz zu lindern. Offene Wunden, die dadurch entstanden, infizierten sich, und die Menschen starben, da es keine wirksamen Medikamente gab.

Die zuständigen Lagerärzte versuchten, die Krankheit durch die Anordnung in den Griff zu bekommen, alle Häftlinge müssten baden, die gesunden wie auch die kranken. Da es aber zu wenig Wasser gab und die Gesunden im gleichen Wasser baden mussten, in dem vorher Kranke gebadet hatten, wurden auch sie infiziert.

Erst nach einem guten Jahr wurde endlich ein Medikament eingesetzt, das den Kranken tatsächlich etwas half. Mitigal* war eine Salbe, die großzügig auf die befallenen Flächen aufgetragen werden musste. So konnte man zumindest eine weitere Verbreitung der Krankheit eindämmen, und in einigen Fällen, die noch nicht sehr fortgeschritten waren, wirkte die Salbe sogar heilend.

Typhuskranke, die nicht mehr in ihren Blöcken bleiben konnten, wurden in den Häftlingskrankenbau eingeliefert. Halina war einmal dort gewesen und entsetzt über die Zustände. Die fieberkranken Menschen lagen nackt auf mit Blut und Kot besudelten Matratzen, zum Zudecken hatten sie nur ein dünnes Laken. Lange überlebten sie dort nicht. Die Toten brachte man in den Leichenkeller, wo sie vom Leichenträgerkommando abgeholt und zum Krematorium gebracht wurden.

Halina sah, wie Häftlingsärzte ohne notwendige hygienische Vorkehrungen operieren mussten. Sie taten alles, um ihren Patienten zu helfen. »Carpe diem«, sagten sich die Ärzte, »nutze die Zeit und vor allem die wenigen Möglichkeiten, die wir noch haben.« Sie waren häufig die letzte rettende Kraft für die Patienten. Doch oft genug mussten auch sie aufgeben, weil sie nicht einmal sterile Operationsbestecke hatten, geschweige denn Narkosemittel.

Eine weitere und weitverbreitete Krankheit unter den Häftlingen war Durchfall. So viel medizinische Kenntnisse hatte Halina durch ihren Mann, dass sie wusste, der Krankheit war nur mithilfe von Medikamenten beizukommen. Doch die gab es nicht oder zumindest wurden sie den Betroffenen nicht zur Verfügung gestellt.

Manche Häftlinge bekamen Pakete aus der »Freiheit«, wie sie es nannten, Pakete von Familienangehörigen, die ihnen Lebensmittel schickten. Doch bevor die Pakete bei den Empfängern ankamen, wurden sie von der SS kontrolliert, und all das, was sie als Kranke hätten brauchen können, war bereits herausgenommen. Das, was noch im Paket verblieb, durften sie nicht mit anderen Häftlingen teilen. So kam es oft zu Rangeleien, wenn die Hungrigen, meist nachts, versuchten, die Lebensmittel zu stehlen. Manchmal zogen sich solche Streitereien über Tage hin. Der Hunger war einfach größer als die Einsicht, dass Diebstahl auch im Lager verboten war.

Würde man dieses Verbot, die Lebensmittel zu teilen, aufheben, könnte man deutlich mehr Frieden in den Unterkünften schaffen, überlegte Halina. Doch sie vermutete, dass hinter der Anordnung eine Strategie der SS steckte.

Halina ahnte, dass es nicht nur den Ärzten, sondern auch der Lagerleitung gleichgültig war, wie viele Menschen im Lager an welchen Krankheiten starben. Tote waren leicht durch »Neuzugänge«, wie sie von der SS bezeichnet wurden, zu ersetzen. Warum sollte man da teure Medikamente an die ohnehin Todgeweihten verschwenden.

Halina hatte manchmal Angst, sich auch mit einer der vielen Krankheiten anzustecken. Aber sie wusste, dass Angst ein schlechter Ratgeber war. Sie musste sich vorsehen, versuchen, sich zumindest die Hände zu waschen, nachdem sie Kontakt zu den Kranken hatte. Sie wollte nicht krank werden, sie durfte nicht krank werden. Sie hatte Kinder, an die sie jeden Tag und besonders in schlaflosen Nächten dachte. »Meine fünf Spatzen«, ging es ihr dann durch den Kopf, »wie mag es euch gehen? Wir werden wieder zusammen sein, das verspreche ich euch.«

An manchen Tagen war sie sehr zuversichtlich, doch wenn sie die vielen Kranken und Toten sah, dachte Halina, dass auch sie eines Tages dabei sein könnte.

Briefe und Pakete

Den Häftlingen war es erlaubt, einmal im Monat einen Brief an Angehörige zu schreiben, deren Adresse sie bei ihrer Aufnahme hatten angeben müssen. Und zweimal im Monat durften sie Pakete von ihnen bekommen.

Halina fieberte jedes Mal dem Tag entgegen, an dem sie wieder schreiben durfte. Jeweils am Monatsanfang bekamen sie Briefpapier. Auf zwei mit »Auschwitz« gekennzeichneten DIN-A5-Blättern durften sie ihren Liebsten zu Hause alles mitteilen, was ihnen wichtig war.

Alles? Alles konnten Halina und die anderen Gefangenen natürlich nicht schreiben, denn sie wussten, dass jeder Brief durch die Zensur ging. Sie durften nichts von dem täglichen Elend erzählen, das um sie herum herrschte, nichts von den vielen Menschen, die nach ihrer Ankunft sofort in den Gaskammern ermordet wurden, nichts von all jenen, die täglich bei ihrem Arbeitseinsatz entweder an Entkräftung starben oder von einem Kapo erschlagen wurden. Und auch nichts von denen, die das Leben im Lager nicht mehr ausgehalten hatten und lieber in den Draht gingen. Die vielen grausamen medizinischen Versuche durften natürlich ebenfalls nicht erwähnt werden.

Erlaubt war nur, was das Lager nicht in Misskredit

brachte. Unliebsame Stellen wurden entweder geschwärzt oder der ganze Brief wurde erst gar nicht abgeschickt.

»Mir geht es hier gut, ihr müsst euch keine Sorgen machen«, war einer der viel verwendeten Standardsätze, die gerne gesehen und damit auch genehmigt wurden.

Halina hatte immer ein großes Mitteilungsbedürfnis gehabt. Wie gerne hätte sie all das, was sie hier tagtäglich erleben musste, ihrer Familie und allen da draußen mitgeteilt, doch sie musste sich zurückhalten und durfte nur an ihre Kinder denken, zu denen sie den Kontakt auf keinen Fall abreißen lassen wollte.

Wenn sie ihre Briefe schrieb, wurde bereits in der Anrede der Kinder mit *Meine Herzlieblinge* die tiefe Sehnsucht nach ihnen deutlich. Regelmäßig fragte sie, wie es ihnen gehe, sorgte sich, ob sie für alle Wetterlagen die passende Kleidung hätten, gab der Tante Ratschläge, alte Kleider von ihr umzuarbeiten und neue daraus für die Kinder zu schneidern. Sie fragte, ob sie gesund oder ob irgendwelche Kinderkrankheiten aufgetreten seien. Wie oft hatte sie früher an ihren Betten gesessen, ihnen Tee gekocht und kalte Umschläge gemacht.

Nun musste sie Onkel Antoni und ihren beiden Brüdern vertrauen, dass sie gut für die Kinder sorgten. Ob es gut war, dass die Kinder getrennt waren? Ob sie sich gegenseitig vermissten? An all das durfte Halina nicht denken. Ihr blieb keine Wahl, als sich auf die Entscheidungen der Familie zu verlassen.

Halina freute sich über Bilder, die die Kinder für sie

gemalt und in den letzten Päckchen mitgeschickt hatten, sie staunte, wenn sie die beigelegten Fotos anschaute, wie groß und hübsch alle fünf geworden waren, und sie tröstete in den eigenen Briefen ihre Lieben, dass sie später wieder zusammen sein würden.

Bei ihrem Bruder Zygmunt bedankte sie sich für die Pakete mit den Lebensmitteln. *Ich habe schon acht Kilo zugenommen*, schrieb sie in einem Brief und hoffte darauf, dass auch Zygmunt den Satz richtig verstand. Sie bedankte sich für den Kuchen, den sie unter großer Freude mit ihren Kolleginnen geteilt habe. Wann hatten sie zuletzt einen selbst gebackenen Kuchen gegessen?

Sie schrieb, dass sie über die Weihnachtsfeiertage viel an die Kinder gedacht, sich nach ihnen gesehnt habe und hoffe, dass es für sie eine schöne Zeit gewesen sei. Leider sei das Päckchen, dass sie für diese Zeit erwartet habe, erst nach dem Jahreswechsel eingetroffen. Doch auch über die verspätete Überraschung habe sie sich sehr gefreut.

Ostern, schrieb sie Anfang Mai 1944, habe sie im Kreis ihrer Kolleginnen gefeiert. Sie seien so etwas wie eine Familie geworden. »Neugierig warten auch sie immer auf die neuesten Fotos meiner fünf Spatzen und sind jedes Mal begeistert, wie hübsch meine Kinder doch sind und wie groß ihr geworden seid.« Auch die von den Kindern gemalten Bilder reiche sie immer herum und sie würden von allen bestaunt.

»Schicke mir noch mal, wenn es nicht so viel Mühe macht, neue Bilder von Alodia und Daria«, bat sie ihren

Bruder. »Aber ich weiß, die Kinder sind in Posen und Fotografien kosten auch immer Geld.«

Halina war jedes Mal froh, wenn sie ihren Kindern schreiben konnte, besonders Alodia und Daria, die schon in die Vorschule gingen und mit den Briefen ihre Erinnerung an die Mutter auffrischen würden. Das hoffte sie zumindest. Das wahre Schicksal von Alodia und Daria blieb ihr verborgen.

Halina war nie sicher, ob tatsächlich alles, was Zygmunt und die Familie in das Paket gepackt hatten, auch wirklich bei ihr ankam. Sämtliche Sendungen wurden ja von Aufsehern und Häftlingen in der Paketkammer kontrolliert. Zeitungen und Zeitschriften wurden herausgenommen, selbst wenn sie nur als Verpackung dienten. Auch Zigaretten waren nicht erlaubt. Lebensmittel, die noch gekocht werden mussten, wurden entfernt. Gerade über eine Eintopfsuppe in der Dose oder auch nur einen Brühwürfel hätte sich Halina sehr gefreut. Für den Eigenbedarf hätte sie diese Dinge gar nicht so unbedingt gebraucht. Das, was sie täglich an Essen im Sanitärblock bekam, ergänzt durch die Pakete der Familie, war für sie ausreichend. Doch für die vielen Häftlinge, die wegen ihres Krankseins geringere Essensrationen bekamen, hätte sie gerne mal einen Eintopf aufgewärmt oder eine Bouillon gekocht. Manchmal, wenn die Not besonders groß war, verteilte sie eine komplette Paketsendung von zu Hause an die Kranken. Sie wusste, dass diese Menschen das Essen dringender brauchten als sie selbst. Ohne die Zusatzverpflegung würden sie sterben. Doch wie viele von ihnen würde sie retten können? Sie wusste es nicht, es spielte irgendwann auch keine Rolle mehr. Sie freute sich über jeden, der wieder zu Kräften kam.

Weil ich nicht bei meinen Kindern sein kann, will ich wenigstens den Menschen, mit denen ich hier täglich zusammen bin, so helfen, wie ich es mir für meine Kinder wünsche. Dieser Gedanke ging ihr oft durch den Kopf, trieb sie an, nicht aufzugeben, auch wenn sie manchmal fast keine Kraft mehr hatte beim Anblick des täglichen Elends.

Halina teilte ihre Lebensmittel aber auch ganz selbstverständlich mit ihren Kolleginnen in der Schreibstube. Sie alle waren Jüdinnen und hatten niemanden mehr in der Freiheit, der ihnen hätte etwas zukommen lassen können. Sie waren Halina dafür sehr dankbar.

Die Frauen waren nicht nur eine Schicksalsgemeinschaft, sie hatten sich über die Monate ihrer Zusammenarbeit auch angefreundet. Sie lachten und weinten gemeinsam, erzählten sich ihre Ängste und klammerten sich an Hoffnungen, das Lager zu überleben. Nicht nur Halina, sondern alle Frauen in der Schreibstube wussten, wie wichtig Freundschaften im Lager waren. Sie trösteten sich, sie redeten sich Mut zu, wenn ihnen alles aussichtslos vorkam. Sie forderten sich gegenseitig auf, weiterzuleben.

Kinder

Was Halina am stärksten belastete, war die Situation der Kinder im Lager. Kinder aller Altersgruppen, Zweijährige, Fünfjährige bis hin zu Zwölf- und Dreizehnjährigen lebten getrennt von ihren Eltern oder Verwandten in Kinderbaracken. Die unterschieden sich nur wenig von den Baracken, in denen die Erwachsenen untergebracht waren. Doch die Kinder mussten die meiste Zeit des Tages in den Baracken bleiben, durften nicht spielen, nicht toben, nicht weinen, denn darauf standen Strafen. Die Größeren kümmerten sich um die Kleineren, indem sie versuchten, sie zu beruhigen und zu trösten, so gut es ging. Nur selten durften sie nach draußen auf einen eingezäunten Platz, der ihnen als Spielplatz diente.

Erwachsene Häftlinge malten in der Baracke, in der viele polnische Kinder untergebracht waren, bunte Bilder an die Wand: eine Schule, Blumen, Spielzeug, Szenen aus bekannten Märchen.

Für die Kinder, die im Wachsen begriffen waren, war die Verpflegung viel zu dürftig. Morgens etwas Brot, einen Becher Tee, mittags eine wässrige Suppe und abends noch mal Brot, vielleicht mit etwas Margarine oder Marmelade. Schnell magerten sie bis auf Haut und Knochen ab und bekamen Krankheiten, die manchmal im Sanitärblock be-

Kinderbaracke in Auschwitz-Birkenau

handelt werden konnten. Doch viel zu oft kam die Hilfe zu spät, und Halina standen Tränen in den Augen, wenn das Leichenträgerkommando wieder so einen kleinen Körper mitnahm.

Unter den Häftlingen gab es immer wieder Frauen, die während der Schwangerschaft ins Lager deportiert wurden. In den ersten Jahren nahm die SS keine Rücksicht auf ihre Situation. Entweder wurden sie bei ihrer Ankunft sofort ins Gas geschickt oder aber im Stammlager Auschwitz im Häftlingskrankenbau durch eine Phenol-Injektion* ermordet. Ab der ersten Hälfte des Jahres 1943 stellte man diese Praxis ein. Die Frauen durften ihre Kinder entbinden. Die Entbindungen fanden in einem Block des Frauenlagers vor den Augen aller statt, die dort untergebracht waren. Die Neugeborenen wurden schon wenige Stunden nach ihrer Geburt umgebracht. Denn die Mütter sollten sich nicht um ihre Kinder kümmern, sondern arbeiten, dafür hatte die SS sie bei den Selektionen ausgewählt.

Erst in der zweiten Hälfte des Jahres 1943 registrierte Halina, dass man die Kinder von nicht jüdischen Müttern am Leben ließ. Halina und andere Frauen aus der Sanitärabteilung setzten alles daran, diese Kinder auch weiter am Leben zu halten. Sie versuchten, aus dem Effektenlager* Stoffe zu organisieren, um sie als Windeln zu benutzen, sie versuchten auch, zusätzliche Nahrungsmittel für die Mütter zu bekommen, trotzdem war es ein sehr schweres Unterfangen. Wie oft musste Halina erleben, dass die Mütter schon nach kurzer Zeit keine Milch mehr hatten und die Kinder starben.

Kinder, die die ersten Tage überlebten, wurden registriert. Ihnen wurde eine Nummer auf den Oberschenkel tätowiert und man legte eine Karteikarte über sie an. Doch auf vielen dieser Karteikarten mussten die Schreiberinnen schon bald ein rotes Kreuz anbringen. Gestorben. Die Lagerleitung verweigerte den Säuglingen die lebenswichtige Milch und jede sonstige Babynahrung.

Halina entdeckte die auf dem Oberschenkel tätowierten Nummern, wenn die Kinder zur Behandlung in die Sanitärabteilung gebracht wurden. Anfangs konnte man diese Ziffern kaum lesen, sie waren zu klein. Doch nach einigen Wochen oder Monaten, wenn die Kinder etwas größer wurden, sah man die Zahlen deutlicher. Sie waren mit den Kindern gewachsen.

Die Neugeborenen jüdischer Frauen wurden nach wie vor sofort getötet. Meist hörten die Mütter noch den ersten Schrei ihres Kindes, bevor Schwester Clara, eine deutsche Häftlingsfrau, den Säugling nahm und in einem Eimer Wasser ertränkte. Den Müttern erzählte sie, ihr Kind sei gestorben.

Anfang 1944 kam ein jüdisches Ehepaar ins Lager. Der Mann wurde in das Männerlager eingewiesen, die Frau, da sie hochschwanger war, in die Obhut Halinas gegeben. Nach kurzer Zeit brachte die Frau eine Tochter zur Welt, und Halina setzte alles daran, für dieses Kind und seine Mutter zu sorgen. Sie organisierte nicht nur die notwendige Kleidung, sondern auch zusätzliches Essen für die Frau, damit sie ihre Tochter stillen konnte. Als das Kind vier Monate alt war, ordnete die Lagerbehörde eine Zählung aller jüdischen Frauen mit Kindern an. Hintergrund war, dass diese Frauen zusammen mit ihren Kindern ins Lager nach Lublin deportiert werden sollten. Dort hätten sie bessere Lebenschancen, versicherte man ihnen. Halina und auch eine Häftlingsärztin versuchten vergeblich, die Frau mit ihrem Kind vor der Deportation zu bewahren. Das Kind sei zu schwach, erklärten sie, es werde die Fahrt mit dem Zug nicht überleben. In Lublin wurden sie ermordet.

»Zwillinge, sind hier Zwillinge bei dem Transport gewesen?« Aufseher an der Rampe schauten sich nach Zwillingspaaren und sogar Drillingen um. In den Augen von Dr. Josef Mengele* war Auschwitz eine Fundgrube für seine Forschungen. Er wollte herausfinden, welche genetischen Voraussetzungen eine Frau braucht, um Zwillinge zur Welt zu bringen.

Zwillingspaare wurden von ihm zunächst gut behandelt. Er gab den Kindern Schokolade und andere Süßigkeiten, wenn sie zu ihm kamen. Er wollte ihr Vertrauen gewinnen, damit sie alles taten, was er von ihnen verlangte.

Auch Halina hatte immer wieder mal Kontakt zu Zwillingspaaren, wenn Mengele sie in die Sanitärabteilung schickte, damit man ihnen dort Blut abnahm. Sie wusste, dass Mengele diese Kinder von einem Häftlingsfotografen im Stammlager fotografieren ließ, jedes einzelne Körperteil, damit er Vergleiche hatte, ob bei eineiigen Zwillingen tatsächlich alles identisch sei. Und Halina wusste auch, dass dies noch die harmlosesten Versuche waren, die er mit den Kindern anstellte. Sie wollte nicht darüber nachdenken, was sonst noch alles mit ihnen geschah. Viel zu oft musste entweder sie oder eine ihrer Kolleginnen ein Kreuz auf der Karteikarte der Kinder anbringen. Die Kleinen waren während Mengeles Versuchen gestorben. Kinder, die vorher gesund gewesen waren und an denen der Arzt einfach nur irgendwelche Medikamente ausprobieren wollte.

Irgendwann bemerkte Halina, dass die Säuglinge von mehreren polnischen und russischen Frauen bevorzugt behandelt wurden. Zunächst hatte sie keine Erklärung dafür. Die Kinder kamen in eine eigene Kinderabteilung, und die Mütter, die weiterhin arbeiten mussten, hatten zu festgelegten Tageszeiten Gelegenheit, ihre Babys zu stillen.

Dramatische Szenen spielten sich ab, als man den Müttern eröffnete, ihre Kinder würden verlegt. Sie kämen in ein Kinderheim, in dem es ihnen besser ginge. Diese Kinder, allesamt blauäugig, hellhäutig und blond, waren von SS-Ärzten zur Germanisierung ausgesucht worden.

Halina dachte oft an ihre eigenen Kinder, besonders wenn sie in der Kinderbaracke nach Kranken schaute, aber auch, wenn sie sah, was Ärzte und das SS-Personal mit ihnen machten. Wo immer es ging, stand sie an der Seite der Kinder und half ihnen, indem sie ihnen zusätzliche Verpflegung gab, sie pflegte, wenn sie verletzt waren, Medikamente gegen Schmerzen für sie besorgte oder ganz einfach nur bei ihnen stand, um sie zu trösten. Den Kindern tat das gut, einen Menschen neben sich zu haben, vor dem sie keine Angst haben mussten.

Wenn ich schon nicht bei meinen eigenen Kindern sein kann, sagte sich Halina, dann will ich wenigstens für diese Kinder da sein.

Halina hatte herausgefunden, dass die Kinder nach Litzmannstadt kamen. Aber auch von einer Häftlingsfrau hatte sie erfahren, dass deren zwei Kinder vor mehr als einem Jahr nach Litzmannstadt gebracht worden waren. Halina tröstete sich damit, dass die beiden Kinder der Frau älter waren als ihre. Kinder im Alter von Daria oder Alodia würde man sicher nicht dort hinbringen. Das konnte sie sich nicht vorstellen. Und es konnte ja auch gar nicht sein, denn ihr Bruder Zygmunt schrieb ihr doch jeden Monat, wie gut sich die zwei entwickelten.

Fotos

Es war ihr erstes Weihnachtsfest im Lager. Es gab sogar einen Weihnachtsbaum, den ein SS-Mann mitgebracht hatte. Ein einzelner Stern schmückte ihn, und die Frauen aus der Schreibstube tauschten kleine Leckereien aus, die sie organisiert hatten.

Die Erinnerungen an Weihnachten in ihren eigenen Familien kamen hoch, sie erzählten sich gegenseitig, oft mit Tränen in den Augen, wie bei ihnen zu Hause Weihnachten gefeiert wurde.

Aber auch die Situation im Lager war eine andere. Außer auf den Wachtürmen waren keine SS-Männer zu sehen. Sicher verbrachten sie die Zeit entweder mit ihren Familien, die in der Nähe wohnten, oder mit den anderen SS-Männern in ihren Unterkünften.

In dieser Zeit wurde im Frauenlager ein neuer Lagerführer eingesetzt: Franz Hössler*. Vorher war er Leiter eines Sonderkommandos gewesen, das man nach ihm benannt hatte. Die Aufgabe des Kommandos bestand darin, Leichen, die im Lager in Massengräbern verscharrt waren, zu exhumieren und zum Krematorium zu bringen. Die Häftlinge des Sonderkommandos, die mehr als hunderttausend Leichen zur Verbrennung in die Krematorien gebracht hatten, ließ Hössler anschließend ermorden.

Der neue Lagerführer war auch bekannt dafür, dass er arische Frauen für das Lagerbordell im Stammlager Auschwitz anwarb. Er versprach den Frauen eine bessere Verpflegung und bessere Unterkünfte.

Ihm zur Seite stand die Oberaufseherin Maria Mandl.

Franz Hössler hatte klare Regeln festgelegt, wie sein Büro zu betreten war. Die Frauen hatten große Angst, wenn er sie zu sich zitierte. Sie mussten sich vor der Bürotür aufstellen, anklopfen und abwarten, bis er sie mit einem polternden »Herein« aufforderte einzutreten. Danach galt die Redeformel: »Häftling Nummer … meldet sich und bittet, eintreten zu dürfen.«

Auch Halina wurde einmal zu Hössler zitiert. Als sie schließlich vor seinem Schreibtisch stand, hielt er einen Brief mit einem Foto einer Tochter von ihr in der Hand.

Halina schaute das Foto an, Tränen füllten ihre Augen. Hössler stand auf, kam auf sie zu und wollte wissen, warum sie weine. Ihr sei doch bewusst, dass weder Fotos von einzelnen Familienmitgliedern noch von der ganzen Familie im Lager erlaubt seien.

Was würde er jetzt mit dem Bild tun? Ängstlich und verzweifelt schaute sie den SS-Mann an. Würde er es vor ihren Augen zerreißen? Halina konnte ihren Blick nicht von dem Foto lösen. Wie gerne hätte sie es in die Hand genommen, es an sich gedrückt und nie mehr losgelassen. Ihre geliebte Tochter!

Halina wusste natürlich, dass Gefangene keine Fotos von ihren Familien haben durften. Es war verboten. Doch bislang hatte niemand etwas dagegen gesagt. Und nun kam dieser Hössler! Verzweifelt, ratlos, wütend, aber auch ängstlich stand sie vor dem SS-Mann und konnte nur hoffen, dass er sie nicht bestrafte oder, noch schlimmer, ihren Schlafplatz absuchen ließ und die anderen Fotos entdeckte.

Dann wird es aus sein mit mir, dachte sie und schaute zu Boden.

Vielleicht interpretierte er die Geste als Unterwürfigkeit, denn er ordnete an, das Foto komme, wie auch alle anderen Fotos, die im Lager auftauchten, in die Effektenkammer.

Alodia im Frühjahr 1943

Halina war erleichtert über diese Entscheidung. In der Effektenkammer arbeiteten schließlich auch einige Häftlinge, die sie kannte. Sie würden verstehen, wenn Halina sie um das Foto bat.

Halina hatte Glück. Durch ihre Kontakte kam sie doch noch an das Foto. Sie tat es zu den anderen Bildern, die sie gut versteckt hielt, und hatte so jeden Tag die Möglichkeit, einen Blick auf ihre geliebte Familie zu werfen. Wenigstens die Fotos brauchte sie, um bei ihren Kindern zu sein.

Zugänge

Ganz offensichtlich wurden weitere und größere Transporte erwartet, denn man hatte damit begonnen, die Gleise ins Lager hinein bis zu den Krematorien zu verlegen. Durch ein Fenster des Blocks konnte Halina sehen, wie viele Menschen ankamen.

Im Januar 1944 beobachtete sie einmal, wie sich eine Gruppe von Männern draußen nackt ausziehen musste. Ihre Kleidung sollte in einem bereitstehenden Kessel desinfiziert werden. »Entlausung«, wurde diese Aktion genannt. Die neu Angekommenen mussten stundenlang in der Kälte ausharren, bis sie ihre Kleidung zurückbekamen. Viele von ihnen erfroren.

Ein anderes Mal sah sie, wie neu angekommene Männer sich sportlich betätigen sollten. Wie Frösche mussten sie hüpfen oder sich wie ein Baumstamm über den Boden rollen. Dann sollten sie sich hinlegen und gleich wieder aufstehen, hinlegen und wieder aufstehen. Viele Male hintereinander mussten sie das tun. Ein SS-Mann lief um sie herum und trieb sie brüllend mit einer Peitsche an.

Durch das Fenster konnte sie auch beobachten, wie gerade neu angekommene Häftlinge in den Draht gingen. Am nächsten Tag mussten sie in der Schreibstube in die

Karteikarten der Menschen eintragen: »auf der Flucht erschossen«.

In gewisser Weise stimmt diese Formulierung sogar, ging es Halina durch den Kopf. Sie waren auf der Flucht vor diesem Leben gewesen!

Halina hatte es bei ihrer Ankunft selbst erlebt. Alle, die im Zug waren, mussten ihr ganzes Gepäck zurücklassen. Anfangs hatte sie noch geglaubt, man würde den Menschen die Sachen in die Baracken bringen. Aber das war ein Irrtum gewesen. In der Zwischenzeit wusste sie, dass alles in den Effektenkammern landete, die von den Häftlingen als «Kanada-Baracken*« bezeichnet wurden. Mit jedem Transport, der im Lager ankam, wuchs das Vermögen der Hitler-Diktatur. Nicht nur die Wertgegenstände, die die Menschen mitgebracht hatten, eigneten sich die Nazis an. Auch das, was sie zu Hause zurücklassen mussten, ging in den Besitz des Dritten Reichs über.

Da sich Deutschland im Krieg befand, viele junge Männer an der Front kämpften oder auch schon gefallen waren, wurden Waggons mit dem Eigentum der Menschen beladen, die man in Auschwitz-Birkenau ermordet hatte, um es an die »Armen« im Deutschen Reich zu verteilen.

Von Menschen, die bei der Ungarn-Aktion* als arbeitsfähig selektiert wurden, erfuhr Halina, dass auf Befehl eines SS-Mannes nicht achtzig Personen pro Waggon transportiert worden waren, sondern hundert.

»Wir konnten nur stehen«, vertraute ihr ein Mann aus

einem Transport an. Zwei bis drei Tage waren die Züge unterwegs. In dieser Zeit wurde der Waggon nicht geöffnet. Es war heiß, es gab keine frische Luft, weil die Seitenwände verschlossen waren. Nur der Ruf nach Wasser drang nach außen, wenn der Zug einmal langsamer fuhr und die Menschen dachten, sie seien in einem Ort oder an einem Bahnhof.

Bis zu 18000 Menschen kamen Tag für Tag in Auschwitz-Birkenau an und die wenigsten von ihnen wurden zur Arbeit bestimmt. Da die Kapazitäten in den Krematorien erschöpft waren, ließen die Deutschen Gruben ausheben, in denen abwechselnd Leichen und Holz übereinandergeschichtet, mit Benzin übergossen und verbrannt wurden. Tausende menschliche Körper fanden so ihr Ende.

Es war im Spätherbst 1943, erinnerte sich Halina, als ein neuer Transport aus Posen im Lager ankam. Darunter waren zwei Häftlinge, die vorher im Fort VII gewesen waren und Halinas Mann kannten. Sie waren Kollegen gewesen. Die beiden hießen Dr. Choynacke und Dr. Starkowska. Halina hoffte sehr, von ihnen etwas über ihren Mann zu erfahren, hatte sie doch seit seiner Verhaftung nichts mehr von ihm gehört. Einige der Posener, die in den Waggons waren, erzählten ihr von der Hinrichtung mehrerer Männer, die der Widerstandsbewegung ihres Mannes angehört hätten. Auch ihr Mann sei zusammen mit den anderen hingerichtet worden. Alle hätten sich geweigert, mit den Deutschen zu kooperieren.

Halina bekam einen Schock! Ihr Mann war tot? Das konnte, das wollte sie nicht glauben. Wie sollte sie mit dieser Gewissheit weiterleben? Sie wollte doch weiterleben, dieses Lager überstehen, für ihre Kinder, für ihre Familie. Würde sie die Gewissheit, dass ihr Mann tot sei, ertragen, oder würden sie ihre Kräfte mit der Zeit verlassen, so wie sie es bei vielen anderen Menschen im Lager beobachtet hatte?

Dr. Choynacke und Dr. Starkowska versicherten ihr hingegen, ihr Mann werde von den Deutschen im Fort VII als Geisel festgehalten. Er sei für sie nur lebend eine wichtige Person.

Wem sollte sie glauben? Wer sagte ihr die Wahrheit? Wie glaubhaft waren die Informationen, die man ihr gab? Stammten sie aus zuverlässiger Quelle oder wussten die Leute alles nur vom Hörensagen? Halina war am Rand der Verzweiflung. Wie gerne hätte sie mit jemandem darüber gesprochen, ihre Sorgen und Ängste mitgeteilt. Doch wem sollte sie sich anvertrauen? Sie hätte in diesen Tagen so dringend jemanden gebraucht, der ihr Gewissheit gab, der ihr sagte, dass ihr Mann noch lebte – oder eben tot war. Doch die Ungewissheit drohte sie zu zermürben.

Irgendwann in dieser Zeit fasste Halina einen Entschluss. Mein Mann lebt, sagte sie sich. Er ist für die Nazis eine wertvolle Geisel, deswegen haben sie ihn nicht umgebracht.

Mit dieser Überzeugung lebte sie im Lager weiter.

Los, los! Auf, auf!

Es war abzusehen. Halina und ihre Kolleginnen aus der Schreibstube registrierten eine zunehmende Unruhe unter den SS-Männern. Mit großem Erstaunen hatten die Frauen aus dem Sanitärblock schon vor einigen Wochen mitbekommen, dass die technischen Anlagen in den Gaskammern demontiert und die Gebäude anschließend zerstört wurden. Doch vorher hatte man noch schnell alle Häftlinge, die im Arbeitskommando* »Krematorium« arbeiten mussten, ermordet. Es sollte keine unmittelbaren Zeugen für die Verbrechen an diesem Ort geben.

Was hatte das zu bedeuten?

Die Frauen hatten dafür nur eine Erklärung. Auch ihnen war nicht entgangen, dass die sowjetische Armee näher rückte. Die Artilleriegeschütze waren von Tag zu Tag deutlicher zu hören.

Büros wurden ausgeräumt, Akten verbrannt oder abtransportiert. Doch was würde aus ihnen, den Häftlingen, werden? Wie viele tausend Menschen waren noch im Lager? Würden die Deutschen sie noch alle umbringen? Jetzt, da die Gaskammern nicht mehr in Betrieb waren? Würde man sie erschießen, so wie in den ersten Monaten, als das Lager entstand?

Nein, das konnten sich die Frauen nicht vorstellen,

wenn sie sich gegenseitig ihre Befürchtungen zutuschelten. Wenn die sowjetische Armee tatsächlich im Anmarsch war, würde sie ja die vielen Toten als Beweis für die Verbrechen der Deutschen vorfinden.

Hektik und Ungewissheit prägten die Tage um den Jahreswechsel 1944/45, nicht nur unter den Frauen, sondern immer stärker auch bei den SS-Mannschaften.

Dann kam der 18. Januar 1945. Halina hatte von einer bekannten Ärztin, die als Häftling im Sanitärbereich arbeiten musste, erfahren, die Deutschen hätten die Absicht, das ganze Lager zu sprengen.

Eine solche Taktik sieht den Nazi-Deutschen ähnlich, ging es Halina durch den Kopf. Nur keine Spuren des entsetzlichen Grauens hinterlassen, das im Lager herrschte!

Doch dann kam es anders. Alle Häftlinge, die körperlich noch einigermaßen fit waren, mussten sich in Fünferreihen aufstellen. Männer und Frauen getrennt. Die Frauen wurden ins Stammlager Auschwitz geführt. Bislang hatte Halina nur davon gehört, dort gewesen war sie noch nie. Sie mussten durch das Tor »Arbeit macht frei« ins Lagerinnere marschieren. Halina überlegte, welche Bedeutung die drei Worte haben sollten. Hier, an diesem Ort! Machte Arbeit hier wirklich frei? Was für eine Ironie!

Hier, im Stammlager, wurden ihnen Lebensmittel ausgeteilt. Ein Kilo Brot pro Person. Was hatte das zu bedeuten? Halina fand keine Erklärung für die plötzliche Großzügigkeit der Lagerleitung. Würde man sie mit dem Vorrat entlassen? Mussten sie sich damit jetzt selbst durchschlagen, wohin auch immer? Nach Hause? Halinas Gedanken schweiften ab, vor ihrem inneren Auge sah sie schon ihre Kinder, ihren Mann, ihre Familie. Dort wollte sie hin, dafür hatte sie bis jetzt überlebt. Sie wollte nach Hause. Jetzt. Die Vorstellung gab ihr neue Kraft.

Doch für eine Entlassung gab es keine Anzeichen. Bewaffnete SS-Männer patrouillierten an den Zäunen, hatten alle im Blick, bereit, sofort zu schießen, sollte jemand einen Fluchtversuch wagen.

Nein, ihre Entlassung hatten die Deutschen nicht vorgesehen. Etwa dreitausend Frauen, die sich, ausgestattet mit der Verpflegung, in Fünferreihen aufgestellt hatten, machten sich noch am Abend auf den Weg. Keine von ihnen kannte ein Ziel, sie mussten einfach nur, bewacht von den SS-Männern, in Richtung Westen gehen.

Es war ein kalter Winterabend mit etwa zwanzig Grad minus. Hinzu kam der Schnee, der in den letzten Tagen fast pausenlos gefallen war.

Die Frauen, die sich an diesem Abend auf den Weg machen mussten, waren für das Wetter nur unzureichend gekleidet. Strümpfe, Unterwäsche, ein Kleid, ein Kopftuch – wie lange würden sie der Kälte so standhalten können?

»Los, los! Auf, auf!«, lautete das Kommando, mit dem die Frauen ständig angetrieben wurden. Ein Tempo wurde vorgegeben, mit dem sie Schritt halten mussten.

Irgendwann fielen die ersten Schüsse. Frauen, die nicht

mehr konnten, die zu schwach waren, um weiterzulaufen, wurden erschossen. Ihre toten Körper blieben am Wegrand liegen.

Doch es waren nicht nur Leichen von Frauen, die den Straßenrand säumten. Nach der ersten Nacht stellte Halina fest, dass vor ihnen offenbar männliche Häftlinge den gleichen Weg gegangen sein mussten. Leichen erschossener Männer lagen nicht nur am Straßenrand, sondern auch mitten auf dem Weg.

Sie stapften durch den hohen Schnee parallel zu einer Straße. Deutsche Lastwagen mit Anhängern fuhren dort entlang, und Halina vermutete, dass sie mit Dokumenten und Einrichtungsgegenständen aus den Büros und Laboren beladen waren. Von ihrem Block aus hatte sie solche Fahrzeuge gesehen und ebenso, woraus die Ladungen bestanden.

Sie entdeckte auch ein Pferdegespann. Tote Häftlinge lagen gestapelt auf dem Anhänger. Sie wurden eingesammelt und irgendwo begraben.

In den viel zu kurzen Pausen, die die Wachen den Frauen gönnten, hatte Halina nur den einen Wunsch, etwas Heißes zu trinken und, zumindest für eine kurze Zeit, in einen tiefen Schlaf zu fallen.

Eine der Frauen aus ihrer Fünferreihe hatte schon früh auf dem Weg einen Schlitten organisiert, der verlassen am Wegrand stand. Weil die SS-Wachen nichts dagegen einwandten, legten die Frauen ihre wenige Habe auf die Sitzfläche und zogen ihn abwechselnd. Sie mussten nur darauf achten, dass nichts herunterfiel, vor allem nichts von ihren Essensvorräten.

Als ein SS-Mann, der von hinten aufschloss, den Schlitten entdeckte, legte er seinen Rucksack dazu. Ganz offensichtlich ist dieser Weg auch für die gut genährten SS-Männer schwer, dachte Halina. Weil der Rucksack nicht vollständig geschlossen war, entdeckte sie im Innern Zivilkleidung.

Er hat also schon vorgesorgt, dass er sich als Zivilist tarnen kann, sollten wir von den Sowjets eingeholt werden, dachte Halina bei dem Anblick.

Mit jedem Kilometer, den sie zurücklegten, wichen die Kräfte. Halina hatte Hunger und Durst, doch den Brotrest, den sie noch bei sich trug, konnte sie nicht essen, weil sie keinen Speichel mehr im Mund hatte. Mit Schnee versuchte sie, ihren Durst zu löschen. Das half, zumindest etwas.

Wenn sie durch Dörfer kamen, verboten die Wachen der Bevölkerung, den Häftlingen etwas zu essen oder zu trinken zu geben. Um ihren Drohungen Nachdruck zu verleihen, richteten sie ihre Gewehre schussbereit auf die Menschen. Kinder, die diese Drohungen offenbar nicht verstanden, kamen mit Eimern voll Wasser an den Wegrand. Die Frauen durften trinken. Ein Becher ging von Mund zu Mund.

Fluchtgedanken hatten Halina und die Frauen in ihrer Reihe schnell aufgegeben. Sie sahen darin keine Chance. Einige Frauen hatten es versucht, wurden aber entdeckt und sofort erschossen. Außerdem waren sie zu schwach. Weit würden sie in diesem Zustand nicht kommen. Sie achteten darauf, dass keine aus ihrer Reihe zurückfiel, und stützten einander, wenn eine fast nicht mehr laufen konnte. Sie gaben sich nicht auf, obwohl sie kaum noch Kräfte mobilisieren konnten. Nur noch reflexhaft setzten sie einen Fuß vor den andern.

Wie lange waren sie unterwegs, bis sie in Wodzislow den Bahnhof erreichten? Halina wusste es nicht. Waren es zwei Tage, drei Tage oder noch mehr gewesen? Ihren Kräften nach zu urteilen, musste der Marsch noch viel länger gedauert haben.

Sie schaute sich um. Wie viele Menschen auf einmal dastanden! Männer, Frauen, alle in Häftlingskleidung, alle abgemagert, sicher genauso hungrig, durstig und müde wie sie selbst. Wohin würde man sie bringen?

Nicht alle, die hierhergetrieben wurden, passten in einen Zug. Und was war das für ein Zug, mit dem die ersten Häftlinge abtransportiert wurden? Ein Kohlezug! Die Waggons nach oben hin offen! Halina war erleichtert, dass sie nicht mit diesem Zug mitmussten.

Doch der Zug, der am Nachmittag kam, war auch ein Kohlezug. Hier mussten sie einsteigen. Es war eng in den Waggons, keine von ihnen konnte richtig stehen. Als der Zug anfuhr, wurde die Kälte durch den Fahrtwind noch schlimmer. Einige Frauen hatten Decken dabei, die sie wie ein Dach über ihre Köpfe spannten. Einige von ihnen, die schon zu schwach waren, erfroren auf der Fahrt.

Manchmal hielt der Zug an, entweder auf offener Strecke oder in einer Stadt. Einen Grund konnten die Frauen nicht erkennen. Halina befürchtete jedes Mal, dass sie so ein gutes Angriffsziel für Bombardierungen wären. Doch sie blieben verschont.

Einmal am Tag hielt der Zug an, damit die Frauen aussteigen und sich erleichtern konnten. Mit Gelächter schauten die SS-Wachen ihnen zu.

Die beiden ersten Stationen, das Lager Groß-Rosen* und das Lager Sachsenhausen* in Oranienburg, lehnten die Aufnahme der Frauen ab.

Sechs Tage war der Zug unterwegs, bis er schließlich Ravensbrück* erreichte. Von den dreitausend Frauen, die in Auschwitz aufbrachen, waren keine dreihundert mehr übrig, die hier aufgenommen wurden. Alle anderen waren unterwegs entweder erfroren oder erschossen worden.

Ravensbrück

Die neu angekommenen Frauen wurden nicht ins Hauptlager, sondern ins Jugendlager eingewiesen, das sich etwas abseits in einem Waldstück befand. Sie alle waren übermüdet, fühlten sich schmutzig, hatten Hunger und Durst. Ihre Gesichter waren vom Qualm der Lokomotive schwarz.

SS-Männer mit schussbereiten Gewehren bewachten sie. An ihrem ersten Tag im Lager gab es so gut wie keine Verpflegung. Lediglich am Abend bekam jede der Frauen ein Stückchen Käse und einen Teelöffel Marmelade, ohne Brot.

Viele, die den langen Weg von Auschwitz bis nach Ravensbrück geschafft hatten, starben in den ersten Tagen. Die körperlichen Kräfte und der Überlebenswille hatten sie verlassen. In einer Krankenbaracke wurden zwar noch ihre Erfrierungen an Füßen und Beinen behandelt, doch die Aussicht, wieder in einem Lager zu sein, hungern und arbeiten und die Schikanen der Kapos über sich ergehen lassen zu müssen, machte sie mutlos. Wenn sie nicht in der Krankenbaracke starben, dann würden sie spätestens bei der nächsten Selektion ins Gas geschickt werden.

Halina wollte sich von dieser Trostlosigkeit nicht anstecken lassen. Sie hatte so viel überstanden, dann würde sie auch noch die Zeit aushalten, bis dieses Lager befreit wurde. Lange konnte es nicht mehr dauern, davon war sie fest überzeugt.

Bereits an einem der ersten Tage traf sie eine alte Bekannte aus Posen, Maria Grabska. Auch sie war damals verhaftet worden und im Lager Fort VII gewesen. Maria aber hatten die Deutschen von dort aus direkt nach Ravensbrück deportiert.

Die beiden Frauen sahen sich an. Obwohl die vergangenen Jahre tiefe Spuren in ihren Gesichtern hinterlassen hatten, erkannten sie sich sofort und fielen einander vor Wiedersehensfreude in die Arme.

Gegenseitig erzählten sie sich ihre Erfahrungen der vergangenen Monate und Jahre in den Lagern. Bei diesen Beschreibungen schüttelten sie immer wieder den Kopf, Tränen traten ihnen in die Augen und rannen über die Wangen, weil sie nicht fassen konnten, zu welchen Grausamkeiten Menschen fähig waren.

Doch eines munterte Halina auf. Maria versicherte ihr in dem Gespräch, dass ihr Mann noch lebe. Sie habe gehört, er sei als Geisel nach Deutschland gebracht worden. Dort sei er vermutlich in einem Gefängnis oder einem Lager. Für die Deutschen sei er aber eine wichtige Person, deshalb habe man ihn nicht umgebracht.

Neue Hoffnung keimte in Halina auf. Nie hatte sie glauben wollen, ihr Mann könne tot sein, selbst als man ihr von seiner Hinrichtung erzählte. Nun war sie zuversichtlich, dass sie bald wieder zusammen sein würden. Psychisch gestärkt überstand sie die kommenden Tage.

Auch im Lager Ravensbrück konnte sie in einer Schreibstube arbeiten. Es war eine Tätigkeit, die sie nicht besonders anstrengte. Doch nicht die Arbeit, sondern ihr Gesundheitszustand machten es ihr nach wenigen Wochen schwer, den Anforderungen nachzukommen. Sie hatte furchtbaren Durchfall und keine Medikamente, um etwas dagegen zu tun. Als sich Anfang März herumsprach, dass eine neue Selektion bevorstehe, bei der die arbeitsunfähigen Frauen ins Gas geschickt würden, bekam sie Angst. Wie oft hatte sie in Auschwitz erleben müssen, dass Häftlinge schon wegen geringerer Erkrankungen in den Tod geschickt wurden.

Bislang hatte sie immer Glück gehabt, war nie ernsthaft in Gefahr gewesen, als arbeitsuntauglich ausgemustert zu werden. Glück, hatte Halina sich oft gesagt, Glück braucht man, um das Lager zu überleben. Glück und Freunde! Beides ist wichtig!

Aus irgendeinem Grund musste sich Halina nicht in die Schlange der Frauen einreihen, an deren vorderem Ende ein Arzt mit einer Handbewegung über Leben und Tod entschied. Halina hatte auch dieses Mal Glück. Sie wurde ins Krankenrevier verlegt und dort von einer Ärztin behandelt, die vorher schon als Häftlings-Ärztin in Auschwitz-Birkenau arbeiten musste. Ende 1944 war sie von dort nach Ravensbrück verlegt worden.

Die Ärztin organisierte Medikamente, sie organisierte zusätzliche Verpflegung, sie organisierte sauberes Wasser, damit Halinas Körper nicht austrocknete. Sie tat alles dafür, dass Halina wieder gesund wurde. Mit ihrer Hilfe kam Halina wieder zu Kräften.

Ab Ende März beobachteten die Frauen täglich Flugzeugstaffeln, die über das Lager flogen. Noch war das Ziel wohl Berlin. An manchen Tagen flogen sie zwölf Stunden lang. Wenn der Himmel blau war, konnte man die vielen Kondensstreifen sehen. »Wunderbar«, sagte Halina zu einer Mitgefangenen, »der Himmel sieht aus wie eine Rodelbahn.«

Sosehr sie sich über die alliierten Flugzeuge freuten, so hatten sie doch Angst, selbst bombardiert zu werden. Die Angst und der quälende Hunger ließen sie nachts nicht schlafen. In der Stille hörten sie auch die Artillerieschüsse, die Tag für Tag näher kamen. Lange konnte es nicht mehr dauern, bis sie das Lager erreichten. Darauf hofften die Gefangenen.

Ende April wurden alle Frauen, die halbwegs gesund waren, von der SS erneut auf einen Todesmarsch geschickt. Die Front rückte unaufhaltsam näher, und die Deutschen hatten es eilig, das Lager zu verlassen.

Auch Halina gehörte wieder zu den Frauen, die sich auf den Weg machen mussten. Doch es gab einen Unterschied zum ersten Marsch, der vor Monaten in Auschwitz begonnen hatte. Die Bewacher der Frauen sprachen lautstark über die Niederlagen der deutschen Truppen und verspotteten ihre ehemaligen »Götter« Hitler und Himmler.

Zu den Häftlingsfrauen sagten sie, sie müssten sich vor den sowjetischen oder amerikanischen Soldaten, die schon in der Nähe seien, nicht fürchten. Sie könnten sich ja, dank ihrer Häftlingsnummer, entsprechend ausweisen.

Nach und nach verschwanden die Wachmänner. Sie wollen sicher nicht mit dem Gefangenenmarsch in Verbindung gebracht werden, wenn die sowjetische Armee kommt, vermutete Halina. Gemächlich gingen die Frauen ihren Weg, sie wurden jetzt nicht mehr angetrieben. Auf der parallel verlaufenden Straße entdeckten sie deutsche Flüchtlinge, zum Teil mit Autos, die bis unter das Dach bepackt waren. Halina erinnerte das an das Bild nach dem Überfall der Deutschen auf Polen im September 1939. Damals waren es ihre polnischen Landsleute gewesen, die mit ihrem Hab und Gut in langen Trecks Richtung Osten flohen.

Solange die Gefangenen alle zusammen waren, schliefen sie in Scheunen oder machten sich ihr Nachtlager in den Wäldern. Nachdem sie merkten, dass es die wenigen Wachen, die noch geblieben waren, mit ihrer Aufgabe nicht mehr so ernst nahmen, beschlossen Halina und vier weitere Frauen, sich bei nächster Gelegenheit abzusetzen, um sich allein nach Hause durchzuschlagen.

Heimkehr

Wie groß war Halinas Vorfreude, bald wieder zu Hause bei ihren Kindern zu sein und hoffentlich auch bei ihrem Mann. Wenn der Krieg zu Ende war, hatten die Deutschen doch keinen Grund mehr, ihn festzuhalten, und würden ihn also entlassen. Daran glaubte sie fest.

Bei ihrem Aufbruch aus Ravensbrück hatten die Frauen noch unter Bewachung von SS-Männern gestanden. Besonders einer von ihnen, Oberscharführer Hans Pflaum*, war gefürchtet. Frauen, die schon länger in Ravensbrück waren, hatten ihn dort als brutalen SS-Schergen erlebt, der ohne Zögern von seiner Schusswaffe Gebrauch machte. Jetzt auf dem Marsch war er auch noch betrunken, deshalb mussten sie doppelt vorsichtig sein.

In einer der ersten Nächte schlief ein Teil der Gruppe in einer Scheune, andere fanden in einer Kirche einen Schlafplatz. Halina, die mit weiteren fünfunddreißig Frauen in der Scheune blieb, freute sich, dass die deutschen Besitzer ihnen, wenn auch widerwillig, Brot und Wasser brachten.

Als die Frauen am andern Morgen aufwachten, stellten sie fest, dass ihre Bewacher offenbar schon aufgebrochen waren. Keiner von ihnen befand sich mehr in der Scheune. Warum? Bis zum Vortag hätten sie noch auf die Frauen geschossen, wenn die ihren Befehlen nicht folgten.

Zunächst konnten sie es nicht fassen. Die SS hatte sie einfach zurückgelassen! Ohne Ankündigung hatten sie sich aus dem Staub gemacht! War der Feind schon so nah? Hatten sie vor lauter Angst das Weite gesucht?

Erst als die Frauen begriffen, dass sie nun frei waren, dass ihnen niemand mehr Befehle erteilen, sie niemand mehr mit einem Gewehr bedrohen würde, jubelten sie und fingen an Pläne zu machen, wie sie weiter vorgehen sollten.

Auf ihren Mänteln, die sie noch in Ravensbrück bekommen hatten, war ein großes rotes X auf den Rücken gemalt, das sie gut sichtbar als Häftlinge kennzeichnen sollte. Da man das X nicht einfach wegwischen konnte, schien es das Einfachste, die Mäntel von außen nach innen zu wenden.

Dann zogen sie los, mieden Städte, weil die immer noch bombardiert wurden, schliefen in Wäldern und deckten sich mit dem trockenen Laub vom vergangenen Herbst zu.

Die große Gruppe trennte sich. Halina und mit ihr acht Frauen streiften durch Wälder, trafen dort einmal auf Männer, ehemalige Häftlinge, wie sich herausstellte, die im Lager Mittelbau-Dora* für die deutsche Rüstungsindustrie hatten arbeiten müssen und sich nun auf der Flucht vor den Deutschen im Wald versteckten.

Fast drei Wochen war Halina unterwegs, bis sie schließlich ihr Ziel erreichte. Posen. Ihre Heimatstadt. Die Stadt, in der sie mit ihrer Familie glücklich gewesen war und wieder glücklich sein wollte.

Es war ein abenteuerlicher Weg bis hierher gewesen, der sie durch Minenfelder geführt und zur Vorsicht bei der Begegnung mit deutschen Soldaten gemahnt hatte. Unterwegs hatten sich die Frauen getrennt, weil jede in eine andere Stadt musste.

Mit jedem Kilometer, den Halina ihrer Heimatstadt näher kam, wuchs ihre Freude. Wie viele Kilometer war sie inzwischen gelaufen? Doch das zählte jetzt alles nicht mehr, denn vor ihr lag das Ziel, für das sie überlebt hatte. Niemand aus der Familie würde mit ihr rechnen, besonders nicht ihre Kinder, die sie schon so lange nicht mehr gesehen hatte. Würden sie sie überhaupt wiedererkennen?

Es war der 16. Mai 1945, als sie ihre Heimatstadt erreichte. Sie lief durch die Straßen, gelangte zu ihrem Haus, musste aber feststellen, dass dort jetzt andere Familien wohnten. Die Stadt Posen war schon im Februar 1945 befreit worden, und offenbar rechnete niemand damit, dass die ursprünglichen Besitzer den Krieg überlebt hatten.

Bei den Nachbarn fragte sie nach ihrer Familie und erfuhr zum ersten Mal einen Teil der Wahrheit: Alodia und Daria hatten die Deutschen an einen unbekannten Ort verschleppt. Ihre anderen Kinder wohnten bei Verwandten. Die Familie war auseinandergerissen.

Teil IV

Horizonte

Die höchste Form der Hoffnung
ist die überwundene Verzweiflung.

Albert Camus

Verzweiflung und Aufbruch

Seit ihrer Verhaftung hatte Halina ihre ganze Hoffnung, ihren Lebens- und Überlebenswillen auf den Tag gerichtet, an dem sie wieder zu ihrer Familie zurückkehren würde. Wie sehr hatte sie sich in all den Jahren der Abwesenheit nach ihren Kindern gesehnt. Jedes Mal hatten ihr Tränen in den Augen gestanden, wenn sie heimlich ihre Fotos anschaute. Diese Bilder waren eine kleine Entschädigung gewesen, aber sie konnten das wirkliche Leben nicht ersetzen. Sie hatte ihre Kinder wachsen sehen wollen, erleben wollen, wenn sie anfingen zu reden, wenn sie die ersten Bilder malten, die ersten Wörter schrieben, die ersten Sätze lasen. Sie hatte mitbekommen wollen, wie sie ihre Milchzähne verloren, und ihnen gern eine Schachtel gegeben, um die Zähne darin aufzubewahren. Sie hatte bei ihnen sein wollen, wenn sie krank waren, sie hatte sich mit ihnen freuen wollen, wenn sie Spaß hatten, und trösten wollen, wenn sie traurig waren.

Auf all das hatte sie verzichten müssen, weil die Nazis sie in einem Lager einsperrten. Ihr einziger Trost waren die Briefe gewesen, die sie jeden Monat bekam. Welch eine Freude war es gewesen, jedes Mal zu lesen, dass es den Kindern gut ging. Die Fotos und die gemalten Bilder hatte sie fest an sich gedrückt, um ihre Nähe zu fühlen.

Sie freute sich auch auf ihren Mann, sehnte sich nach seinen beruhigenden Worten, nach seinen Umarmungen. Die vergangenen Jahre wollte sie schnell hinter sich lassen und optimistisch nach vorn schauen. Das war ihr großer Wunsch.

Es war ein Schock für Halina, als sie nach und nach die Wahrheit erfuhr. Zwei ihrer Kinder waren nicht mehr da. Die Nachricht, die sie schon von ihren ehemaligen Nachbarn bekommen hatte, wurde kurz darauf von ihren Brüdern bestätigt. Onkel Antoni erzählte ihr, dass Alodia und Daria bereits im September 1943 an einen zunächst unbekannten Ort verschleppt worden seien. Nachdem ihr Bruder Zygmunt herausgefunden habe, dass sie in dem Gau-Kinderheim in Kalisz waren, hätten sie dort aber offenbar eine neue Identität bekommen und seien verlegt worden. Schnell sei der Familie klar gewesen, dass die Kinder wohl im Rahmen des Germanisierungsprogramms der Nazis irgendwo im deutschsprachigen Raum in einem Heim oder in einer Familie lebten.

Der nächste Schlag, mit dem Halina fertigwerden musste, war die Nachricht vom Tod ihres Mannes. War er tatsächlich tot? Waren die Informationen, die sie im Lager bekommen hatte, falsch gewesen? Hatte man sie mit der Aussage, ihr Mann sei als Geisel in einem deutschen Gefängnis, nur beruhigen wollen? Warum? Sie verstand das nicht. Sie hatte so oft an ihren Mann gedacht, aber nie nach ihm gefragt.

Hier, in Posen, wurde sein Tod zur Gewissheit.

Ein befreundeter Arzt erzählte ihr die ganze Wahrheit. Franciszek sei durch seine Aktivitäten im Widerstand für die Deutschen zum Staatsfeind Nummer eins geworden. Seine und die Taten der Widerstandsgruppe hätten die deutsche Wehrmacht in vielen Bereichen nachhaltig geschädigt.

»Ihr Mann war ein sehr intelligenter Mensch«, fuhr der Arzt fort, als er merkte, dass Halina sich mit dieser Erklärung nicht zufriedengab. Sie wollte nicht nur wissen, für welche Taten man ihn hingerichtet hatte, sondern auch, wo er beerdigt war. Doch das sollte Halina in diesem Gespräch noch nicht erfahren.

»Die Deutschen wollten nicht nur seinen Tod«, fuhr der Arzt stockend fort, »sie wollten …« Mitten im Satz brach er ab. Sollte er wirklich erzählen, was noch geschehen war? Genügte es nicht schon, dass sie mit Franciszeks Tod fertigwerden musste?

Halina bestand darauf, alles zu erfahren.

»Man wollte nicht nur seinen Tod, man wollte auch seinen Kopf«, sagte der Arzt leise, ohne Halina anzuschauen.

Sie war schockiert, als sie das hörte, konnte es einfach nicht glauben.

Ein Foto, das der Arzt ihr ein paar Tage später zukommen ließ, bestätigte jedoch seine Aussage.

Trauer, Verzweiflung, schlaflose Nächte raubten ihr in den ersten Wochen fast alle Kräfte. Was sollte sie tun, womit beginnen? Unruhe und Ratlosigkeit trieben sie durch die Tage.

Doch schon bald fand sie zu ihrer alten Stärke zurück. Ich habe nicht überlebt, um jetzt aufzugeben, sagte sie sich. Mit dieser Haltung ging sie nun all das an, was getan werden musste. Sie wollte ihre beiden Kinder wieder zurückhaben. Und die sterblichen Überreste ihres Mannes würde sie würdevoll beerdigen lassen.

Halina unternahm einen ersten Schritt. In Ostrów-Großpolen bezog sie eine Wohnung, in der früher ihre Mutter gelebt hatte. Drei ihrer Kinder, die bei ihrem Bruder Zygmunt gelebt hatten, nahm sie zu sich. Nach Alodia und Daria würde sie so lange suchen, bis sie die beiden fand.

Vom Suchen …

Wo sollte Halina mit der Suche nach ihren Kindern anfangen? Der Krieg war gerade erst kurze Zeit vorbei, vieles war zerstört, besonders die Kommunikationswege. Und was war mit den staatlichen Behörden und Institutionen? Waren sie, so kurz nach dem Krieg, mit neuem Personal besetzt, oder arbeiteten dort noch die gleichen Angestellten wie in den Jahren zuvor? Würden sie ihre Fragen beantworten, sie bei der Suche nach ihren Kindern unterstützen? In welchem Land sollte sie überhaupt suchen? In Polen? Hier war es vielleicht möglich, zumindest eine erste Spur zu finden. In Deutschland? Würden ihr die Behörden dort Auskunft geben, oder waren die inzwischen zuständigen Beamten während des Krieges selbst an dem Raub der Kinder beteiligt gewesen?

Ein weiterer Gedanke ging ihr durch den Kopf. Sicher hatten die Entführer ihrer Kinder deren Identität verändert. Die Namen auf jeden Fall, das wusste Halina von ihrem Bruder. Wie sollte sie also herausfinden, wo sie lebten, wenn sie nicht einmal wusste, welche weiteren neuen Namen man ihnen gegeben hatte?

Ein glücklicher Zufall führte sie auf die erste Spur. Der Freund ihres Cousins, ein Deutscher, hatte im Jahr 1944 verschiedene Kinderheime in dem von den Nazis besetzten Polen inspiziert. In dem Heim in Bad Polzin war der Name Dora Wittke auf einer Namensliste aufgetaucht, und in Klammern hatte dahinter der polnische Name des Kindes gestanden: Daria Witaszek.

Das war ein erster Anhaltspunkt für Halina, von dem sie sich weitere Informationen erhoffte. Doch der Versuch lief ins Leere, man wisse nichts über den Aufenthaltsort einer Dora Wittke oder ihrer Schwester, bekam sie auf ihre Anfrage mitgeteilt.

Halina war wütend über die Auskunft. Sie mussten doch verzeichnet haben, wohin die beiden Mädchen weitergegeben wurden.

Halina ließ sich jedoch nicht entmutigen. Sie begann damit, systematisch Briefe an alle Organisationen zu schreiben, von denen sie sich Hilfe erhoffte. Sie schrieb an nationale und internationale Suchdienste, an das polnische Rote Kreuz, das Rote Kreuz in Wien sowie an das Internationale Rote Kreuz. In ihren Briefen hob sie optisch den Namen Dora Wittke hervor, setzte den polnischen Namen dazu und äußerte die Vermutung, dass auch ihre Tochter Alodia inzwischen den Familiennamen Wittke trage. Den Briefen legte sie das Foto von Alodia und Daria bei, das Onkel Antoni im Frühjahr 1943 hatte machen lassen. Damit war sie als Mutter, die nach ihren Töchtern suchte, bei all den zuständigen Stellen registriert.

Außer dem Heim in Bad Polzin schrieb sie auch Kinderheime in Polen, Deutschland und Österreich an. Entweder, so vermutete sie, lebten ihre Töchter dort oder waren zumindest vielleicht vorübergehend dort einmal untergebracht gewesen. Irgendjemand musste doch etwas über ihre Existenz wissen!

Täglich wartete sie auf den Briefträger, dass er ihr endlich die erlösende Nachricht brächte. Wenn er Post für Halina hatte, winkte er bereits von Weitem mit den Briefen. Und sie konnte es kaum abwarten, den ersehnten Umschlag entgegenzunehmen.

Jedes Mal riss sie den Umschlag mit zitternden Fingern auf, las den meist kurzen Satz, der auf dem Papier stand, und ließ sich erschöpft auf einem Stuhl nieder.

»Zu den von Ihnen gesuchten Kindern haben wir keinerlei Hinweise.«

Wie sich die Formulierungen in den Briefen glichen, die sie im Laufe der Wochen und Monate bekam. Halina hatte manchmal den Eindruck, als würden sich all diese Stellen absprechen und gegen sie verschwören.

Einerseits waren die Briefe zermürbend, andererseits stachelten sie Halina aber auch an, ihre Suche nicht aufzugeben, sondern weiterzuforschen.

Im Juli 1946 erhielt sie einen Brief vom Roten Kreuz aus Wien. »Ein Name, der auf unserer Liste steht,« las Halina, »scheint mit dem Namen Ihrer Tochter identisch zu sein.« Mehr stand da nicht. Doch Halina genügte dieser Satz, sie hatte etwas erreicht. Eine Tochter war gefunden, ein Etappenziel geschafft.

Noch am selben Tag schickte sie ein Telegramm nach Wien, sie werde ihre Tochter persönlich dort abholen. Sie bereitete ihre Reise nach Wien vor, packte einen kleinen Koffer, erkundigte sich nach den günstigsten Zugverbindungen, denn sie wollte so schnell wie nur irgend möglich zu Daria.

Mitten in ihren Reisevorbereitungen traf ein Telegramm aus Wien ein. Von dem Kind, das Halina suche, stehe nur der Name auf der Liste des Roten Kreuzes. Von dem Aufenthaltsort des Kindes wisse man nichts.

Das war ein Rückschlag, den Halina nur schwer verkraften konnte. Ihre ganze Hoffnung hatte sich mit dem lapidaren Satz aus dem Telegramm in nichts aufgelöst.

… und Finden der Kinder

Dr. Roman Hrabar* war vom polnischen Außenministerium als Prozessbeobachter gegen Mitarbeiter des Rasse- und Siedlungshauptamtes der SS nach Nürnberg* entsandt worden. Seine besondere Aufgabe lag darin, die Verhandlungen hinsichtlich des Anklagepunktes »Verschleppung von Kindern und Eingliederung in die eigene Nation« kritisch zu verfolgen. Das Rasse- und Siedlungshauptamt trug nach Einschätzung des Gerichts die Hauptverantwortung für die Verschleppung und Germanisierung von Kindern aus den von den Deutschen besetzten Gebieten.

Im August 1947 erschien ein Artikel von Dr. Hrabar zum Thema »Erinnerung an geraubte polnische Kinder« in einer Fachzeitschrift. Das war der Schwerpunkt seiner Arbeit, der er in einem Archiv in Ludwigsburg nachging.

Nachdem ein weiteres Jahr vergangen war, in dem Halina vergeblich Briefe an Behörden und Organisationen geschrieben hatte, sah sie in Dr. Hrabar eine neue Hoffnung. Sie fand seine Adresse und schilderte ihm ihre bislang erfolglose Suche nach den beiden Töchtern. Damit er Anhaltspunkte für eine mögliche Recherche hatte, teilte sie ihm die polnischen Namen, die Geburtsdaten und den Geburtsort ihrer Töchter mit. Auch schrieb sie, dass wohl beide Kinder im Lebensborn-Heim in Bad Polzin gewesen seien und dort den Familiennamen »Wittke« bekommen hätten. Ihrer Tochter Daria habe man den Vornamen »Dora« gegeben, ihre Tochter Alodia heiße vermutlich »Alice«. Aber das sei nur eine Vermutung.

Sie bat Dr. Hrabar, nach Dokumenten zu suchen, die auf ihre beiden Töchter hinweisen könnten.

Bereits am 1. Oktober 1947 erhielt sie einen Brief vom polnischen Außenministerium. Dr. Hrabar hatte tatsächlich in Ludwigsburg Dokumente zu ihren beiden Töchtern gefunden. Danach standen im Gau-Kinderheim in Kalisz neben ihren deutschen auch ihre polnischen Namen auf einer Liste. Weiterhin fand er Unterlagen, dass Alodia am 24. April 1944 von der deutschen Familie Wilhelm Dahl aus Stendal, Sachsen-Anhalt, und Daria am 20. Mai 1944 von einer Familie Edmund Schölm aus Weitra bei Wien aufgenommen wurden.

Dr. Hrabar beauftragte das polnische Rote Kreuz, sich mit den Familien, in denen die beiden Kinder untergebracht waren, in Verbindung zu setzen und ihre Rückführung zu der Mutter zu veranlassen.

Was für eine Nachricht! Halina musste den Brief mehrmals lesen, ehe sie begriff, dass sie plötzlich ihrem Ziel ganz nah war. Es war der schönste Brief, den sie sich als Mutter vorstellen konnte.

Nun wartete sie täglich auf Post vom polnischen Roten Kreuz. Würde man ihre Kinder tatsächlich bei den angegebenen Familien finden? Und wenn ja, wie würden die

Familien, in denen die beiden Mädchen lebten, reagieren? Würden sie die Kinder wieder hergeben? Nach all den Jahren, die sie inzwischen mit ihnen verbracht hatten?

Halina musste nicht lange auf eine Antwort warten. Daria, die inzwischen acht war, lebte tatsächlich bei den Schölms. Sie sei, hieß es in dem Brief, das Traumkind der Familie gewesen, denn die Ehe war kinderlos. Edmund Schölm und seine Frau hätten das Mädchen persönlich im Kinderheim in Bad Polzin abgeholt. Seit ihrem sechsten Lebensjahr besuche sie die Schule und spreche sehr gut Deutsch.

Auch Alodia habe in Familie Dahl Eltern gefunden, die sie sehr liebten. Alodia sei gut integriert, besuche die Schule und sei eine sehr gute Schülerin. Die deutsche Sprache habe sie schnell gelernt und spreche sie fließend. Familie Dahl habe Alodia bereits vor zwei Jahren adoptiert.

Daria und Alodia, ihre beiden Töchter, nach denen sie so lange gesucht hatte. Man hatte sie einfach aus ihrer Familie herausgerissen, zuerst in Heime gesteckt und dann anderen Familien gegeben. Nach dem Brief des Roten Kreuzes zu urteilen, ging es den beiden Mädchen dort aber gut.

Konnte Halina sie nach all den Jahren, in denen sich die beiden Mädchen offenbar in den neuen Familien eingelebt hatten, einfach wieder herausnehmen?

Ein Brief an Familie Dahl

Irgendwann im Oktober 1947 bekam Familie Dahl einen Brief vom polnischen Roten Kreuz. Es war ein großer Umschlag, in dem mehr stecken musste als nur beschriebenes Briefpapier. Er fühlte sich fest an.

Als Luise Dahl den Umschlag vorsichtig aufriss, fiel ihr sofort ein Foto in die Hände. Es zeigte ihre Tochter Alice mit einem weiteren Mädchen. Das könnte die Schwester von Alice sein, vermutete Luise Dahl, denn als sie ihre Tochter in dem Heim in Kalisz abholte, hatte sie ja von dem Mädchen erfahren. Sie hätte auch Alices Schwester gern mitgenommen, denn sie wollte, dass die beiden zusammenblieben. Doch dem Wunsch hatte das Heim nicht stattgegeben.

Luise Dahl nahm jetzt den Brief aus dem Umschlag, faltete ihn auseinander und las. Sie schüttelte den Kopf. Sie las den Inhalt noch einmal, denn sie konnte nicht glauben, was dort geschrieben stand. Und dann las sie ihn noch ein drittes Mal:

Liebe Familie Dahl
das von Ihnen adoptierte Mädchen Alice Luise Dahl ist kein deutsches Waisenkind, wie man Ihnen versicherte, Alice ist ein von den Deutschen während der NS-Zeit

geraubtes Kind aus Polen. Der richtige Name des Mädchens lautet ›Alodia Witaszek‹ und sie wurde am 3. Januar 1938 in Posen geboren.
Die Mutter von Alodia hat das Konzentrationslager Auschwitz-Birkenau überlebt und sucht seit ihrer Heimkehr im Mai 1945 nach ihren beiden Töchtern Alodia und Daria.
Das polnische Rote Kreuz wurde von dem Beauftragten der polnischen Regierung, Dr. Roman Hrabar, mit der Aufgabe betraut, das bei Ihnen lebende Kind ihrer leiblichen Mutter zurückzuführen.

Frau Dahl war sprachlos. Ihre Tochter war kein deutsches Waisenkind, wie man ihr versichert hatte? Was sollte sie nun tun? Sie war verzweifelt.

Lange hatte sie sich darum bemüht, ein Kind bei sich aufzunehmen, weil sie selbst keine Kinder bekommen konnte. Das zuständige Jugendamt hatte sie auf eine lange Wartezeit vertröstet, und so hatte sie, nachdem sie die notwendige Pflegeerlaubnis besaß, an Kinderheime geschrieben, um eine mögliche Adoption auszuloten. Doch auch dort bat man sie um Geduld, die Warteliste sei lang. Einzig die Organisation Lebensborn machte ihr Hoffnung auf eine rasche Entscheidung. Und so konnte sie bald das lang ersehnte Kind bei sich aufnehmen. Schnell merkte sie, dass sie gut zusammenpassten. Alice war ihr nicht fremd und auch das Mädchen hatte schnell Vertrauen zu ihrer neuen Mutter gefasst.

Und nun sollte sie es wieder zurückgeben?

Wie sehr hatte sie ihre Tochter im Laufe der Jahre lieb gewonnen, sich mit ihr gefreut, wenn sie zusammen spielten oder Spaziergänge machten, wenn sie sah, wie gut sie in der Schule lernte und sich mit anderen Kindern anfreundete. Sie gehörte doch fest zur Familie!

Und nun gab es plötzlich noch eine zweite Frau, die Anspruch auf dieses Kind erhob. Aber es war doch ihre Tochter, die letzten Formalitäten der Adoption lagen erst wenige Wochen zurück! Das Jugendamt hatte den Geburtsort von Alice wissen wollen, und Frau Dahl konnte nur eine Erklärung des Lebensborn-Heims vorlegen, aus der hervorging, der Geburtsort sei unbekannt.

Und jetzt sollte sie dieses Kind wieder zurückgeben! In einem Brief, den sie wenige Monate später an einen Anwalt schrieb, sprach sie von einem »schweren Schicksalsschlag«, den man nur ermessen könne, »wenn man dieses herzliche Verhältnis zwischen dem Kind und seinen Eltern gekannt hat«.

Frau Dahl und ihr Mann Wilhelm mussten eine Entscheidung treffen. So schwer es ihnen auch fiel, so hofften sie doch, dass sie mit dem Entschluss ihrer Tochter Alice gerecht würden.

Das Ehepaar sagte sich, wenn Alice noch eine leibliche Mutter habe, dann sei es das Recht dieser Frau, dass das Kind bei ihr lebe. Bei all ihren Überlegungen berücksichtigten sie auch, dass die Mutter von Alice das Konzentrationslager überlebt hatte. Sie ahnten zwar nicht, was die

Menschen dort durchgemacht hatten, aber gerade nach der unfreiwilligen Trennung sollte die leibliche Mutter zu ihrem Recht auf das Kind kommen.

Sie, Luise Dahl, und auch ihr Mann Wilhelm würden sich von Alice trennen und sie ihrer Mutter übergeben.

Vom Loslassen

Sooft Luise Dahl sich auch sagte, Alice gehöre zu ihrer leiblichen Mutter, es blieb unvorstellbar für sie, in Zukunft ohne die geliebte Tochter leben zu müssen. An die Zeit vor Alice konnte sie sich kaum noch erinnern, und wenn doch einmal Bilder von damals auftauchten, waren sie von Einsamkeit und dem drängenden Wunsch nach einem Kind geprägt. Als feststand, dass sie keine eigenen Kinder bekommen konnte, hatten die Eheleute sich ausgemalt, wie es wäre, ein fremdes Kind aufzunehmen. Und bei der Vorstellung hatte Luise Dahl sofort angefangen, in Gedanken ein Kinderzimmer einzurichten.

Doch dann war der Krieg gekommen, ihr Mann hatte an die Front gemusst, und neben der täglichen Angst um ihn schien Luise Dahl auch die Einsamkeit ohne Kind niederzudrücken. Wenn ihr Mann Wilhelm mal für ein paar Tage auf Heimaturlaub war, hatte sie ihn jedes Mal auf ihren Kinderwunsch angesprochen. Auch er wollte ein Kind, eine richtige Familie, die ihm Halt geben würde, wenn er wieder an der Front war. Deshalb hatte er seiner Frau vorgeschlagen, sich bei den Behörden nach Adoptionsmöglichkeiten zu erkundigen.

Und nun hatten sie ihr Kind und mussten es wieder hergeben.

Die Tage, bis sie Alice nach Berlin bringen sollten, vergingen viel zu schnell. Der Koffer, den sie für die Reise des Mädchens besorgt hatten, stand wie ein Mahnmal im Flur. Luise Dahl brachte es nicht fertig, ihn gleich zu packen. Das hätte doch nach einem »Wann ist es denn endlich so weit« ausgesehen. Am liebsten hätte sie den Koffer überhaupt nicht gepackt, ihn im Speicherraum zu den anderen gestellt und erst irgendwann für eine gemeinsame Urlaubsreise wieder hervorgeholt.

Doch in diesen Tagen war alles auf Abschied ausgerichtet: das letzte Wochenende mit Alice, der letzte Schultag, die letzte Nacht, die letzte Mahlzeit …

»Der Tag von Alices Abreise ist der Schlusspunkt in unserem gemeinsamen Leben.« Dieser Satz war ständig in ihrem Kopf präsent, er trieb ihr Tränen in die Augen und lies sie ziellos durch die Wohnung laufen.

Ihr Mann Wilhelm wirkte nach außen gefasst. Doch seine Seele hatte eine neue Wunde, nachdem die alte aus den Kriegsjahren gerade langsam vernarbte.

Alice hatte sich von der Unruhe der Mutter anstecken lassen. Sie verstand nicht, was geschah. Warum sollte sie auf einmal weggehen? Dazu noch in ein anderes Land! Nach Polen! Sie hatte doch hier eine Familie, in der sie sich wohlfühlte. Schließlich war das hier ihr Zuhause! Hier wollte sie bleiben, hier in Deutschland, obwohl sie dieses Land mehr mit Stendal in Verbindung brachte als mit einer größeren geografischen Einheit.

»Du hast in Polen eine richtige Mutter«, versuchte Luise

Dahl ihrer Tochter zu erklären, »eine Frau, die dich geboren hat. Sie ist deine eigentliche Mutter. Nur weil wir gedacht haben und uns auch gesagt wurde, deine Mutter und dein Vater seien tot, haben wir dich bei uns aufgenommen und dich behandelt wie unsere Tochter. Deine polnische Mutter hat, seitdem sie wieder zurück aus dem Lager ist, überall nach dir gesucht, und nun hat sie dich gefunden. Sie möchte, dass ihr wieder zusammenlebt. Dazu hat sie auch ein Recht. Denn das, was geschehen ist, hätte nicht passieren dürfen!« Nach einer Pause fügte sie hinzu: »Für uns bleibst du aber immer unsere Tochter Alice. Wir werden immer an dich denken und dir schreiben. Und du kannst uns so oft besuchen, wie du möchtest!«

Alice hörte zu, nickte zu allem, verstand aber nichts.

Der Tag des Abschieds, der 7. November 1947, kam viel zu schnell. Den Koffer hatte Luise Dahl am Vorabend gepackt. Er stand griffbereit im Flur, Butterbrote für die Reise waren in einem Rucksack verstaut, nun mussten sie sich auf den Weg zum Zug machen, der sie nach Berlin bringen sollte.

Was für eine Zugfahrt! Sie saßen in einem Abteil, Mutter, Vater und Tochter. Eine Familie, eine richtige Familie, die mit dem Zug verreiste. Und doch waren sie nicht mehr die Familie, wie andere Mitreisende sie sahen. Diese Familie war in Auflösung begriffen.

Am Berliner Hauptbahnhof wurde es hektisch. Der Bahnsteig, auf dem sie sich einfinden sollten, stand voller Kinder unterschiedlichsten Alters. Kinder, die nach

Ein Erinnerungsfoto, das gleichzeitig Trennung und Zusammengehörigkeit der Familie symbolisiert.

Deutschland verschleppt und in den letzten Monaten von Dr. Roman Hrabar gefunden worden waren. Sie alle sollten mit dem bereitstehenden Repatriantenzug* in ihr Heimatland Polen zurückfahren.

Die meisten Kinder würde man in einem Heim unterbringen und in Polen weiter nach ihren Eltern suchen. Einzig bei Alice stand fest, dass ihre Mutter sie in Polen erwartete.

Eine Zugbegleiterin hängte ihr ein Namensschild um den Hals. »Alodia Witaszek« stand darauf. Wer soll das sein?, überlegte Alice. Ich bin das nicht. Ich heiße Alice Dahl. Genauer noch: Alice Luise Dahl, mit dem zweiten Vornamen wie ihre Mutti.

Der Abschied war kurz und tränenreich. Mutti und Papa nahmen sie noch einmal in den Arm, drückten sie, bevor Alice mit den anderen Kindern in den Zug gedrängt wurde.

Zuhause?

»Wer ist Alodia Witaszek?« Die Frage stellte sich Alice auf der langen Zugfahrt von Berlin nach Posen immer wieder. Bin das etwa ich? Aber ich heiße Alice! Oder hat der neue Name etwas mit meiner richtigen Mama zu tun, wie meine Mutti mir in Stendal erklärt hat? Und wer soll meine richtige Mama sein? Sie fand keine Antworten auf ihre Fragen.

Ob man den anderen Kindern, die mit im Zug saßen, auch neue Namen gegeben hatte? Oder hießen sie schon immer so, wie es auf den Schildern stand, die man ihnen um den Hals gehängt hatte? Alice fand es nicht heraus. Sie bekam nur mit, wie die Kinder sich gegenseitig erzählten, sie würden nach Warschau fahren und dort in einem Kinderheim wohnen, bis sie zu ihren Eltern könnten.

Alles war so unwirklich, so aufregend, und Alice wünschte sich, sie wäre wieder bei ihren Eltern in Stendal. Das war doch ihr Zuhause.

Der Zug fuhr unaufhaltsam weiter in Richtung Posen. Die Stadt war aber nur ein Zwischenstopp. In Begleitung einer Krankenschwester ging die Fahrt mit dem nächsten Zug weiter nach Ostrów-Großpolen. Die Straßen, durch die sie nach ihrer Ankunft liefen, waren Alice fremd. Die ganze Stadt war ihr fremd, und auch das Haus, vor dem die Krankenschwester schließlich stehen blieb.

»Hier ist dein Zuhause«, sagte die Frau zu ihr. »Deine Mutter wird sicher ganz überrascht sein, denn sie weiß nicht, dass du jetzt kommst.«

Alice wollte der Frau widersprechen, das hier sei nicht ihr Zuhause, sie wohne in Stendal, doch da zog sie die Frau schon ins Haus und zu einer Wohnungstür, die gleich nach dem ersten Klopfen von einem Jungen geöffnet wurde. »Mama, da sind eine fremde Frau und ein Mädchen!«, rief er in die Wohnung.

Eine grauhaarige Person kam mit weit aufgerissenen Augen und weit geöffnetem Mund angelaufen. War das ein Schreckensschrei oder ein Jubelschrei, was da aus dem Mund dieser Frau kam?, überlegte Alice. Sie konnte es nicht genau unterscheiden.

Die Frau hob die Hände und wollte auf sie zugehen, doch Alice wich ihr aus.

Wer ist sie?, dachte Alice. Ich will von ihr nicht angefasst oder in den Arm genommen werden. Nicht von einer Fremden! Und das zeigte sie ihr auch. Alice trat ein paar Schritte zurück, als die Grauhaarige mit ausgebreiteten Armen auf sie zukam.

»Du kennst mich sicher nicht mehr«, sagte die Frau und beugte sich zu Alice herab, »es ist so viel Zeit vergangen, seit wir uns zuletzt gesehen haben. Ich bin deine Mama.«

Alice verstand nicht, was sie sagte. In welcher Sprache redete sie?

Doch dann fing die Frau an, Deutsch zu reden.

Tränen liefen ihr übers Gesicht, und Alice wusste nicht, was sie tun oder sagen sollte. Ihr wurde alles zu viel. Wie gerne wäre sie jetzt in Stendal bei ihrer Mutti gewesen!

Sollte diese Frau etwa ihre »richtige Mama« sein, wie ihre Eltern in Deutschland es versucht hatten ihr zu erklären? Aber sie war ihr doch vollkommen fremd, wie konnte sie da ihre Mama sein?

Auch an die drei Kinder, die jetzt an die Wohnungstür gestürmt kamen, hatte sie keine Erinnerung. Das sollten ihre Geschwister sein? Nein, an Geschwister erinnerte sie sich nicht. Auch sie redeten in dieser fremden Sprache. Alice verstand kein Wort. Ihre Freundin in Stendal hatte ebenfalls Geschwister, aber die redeten genau wie sie. Wenn das hier ihre Geschwister waren, warum konnte Alice sie dann nicht verstehen?

Wo war sie gelandet? Und warum wurde sie von allen Alodia genannt? Sie hieß Alice! Ihre Gedanken wirbelten durcheinander, alles war vollkommen unwirklich.

Es sollte noch einige Zeit dauern, bis sie sich wieder an ihren neuen alten Namen gewöhnte, bis sie reagierte, wenn sie mit »Alodia« angesprochen wurde. Doch an diesem ersten Tag war ihr der Name nur fremd.

Unwirklich war auch, als plötzlich ein fremder Mann vor ihr stand und sich als Onkel Zygmunt vorstellte. Die Nachricht von ihrer Rückkehr hatte sich in Windeseile herumgesprochen, und Onkel Zygmunt wollte sicher sein, dass es kein Gerücht war. Er schaute das Mädchen an, sie war groß geworden, aber sie war es, Alodia. Und um ganz sicher zu sein, schaute er auf ihren Hals: Die Narbe von der Tracheoskopie* war deutlich zu sehen. Die hatte sie seit ihrer Operation vor ein paar Jahren in dem Krankenhaus in Kalisz.

Der Onkel nahm sie in den Arm, hob sie in die Höhe, drückte sie, ohne dass sie sich dagegen wehren konnte. Er freute sich, das merkte sie ihm an. Und aus Freude über die Rückkehr Alodias lud er die ganze Familie in ein Lokal zum Abendessen ein.

Ist das jetzt mein neues, mein richtiges Zuhause?, überlegte sie später, als sie im Bett lag. Noch immer war ihr alles fremd, das Bett, das Zimmer, die Geschwister, die

Das erste gemeinsame Weihnachtsfest 1947: vorne links Krysztoph, daneben Daria, Alodia, Iwona und Mariola; in der 2. Reihe Halina Witaszek.

Sprache. Nur mit ihrer Mama konnte sie reden, denn die sprach gut Deutsch.

Die Tage vergingen, und Alodia versuchte, sich an ihren Namen zu gewöhnen und in der fremden Wohnung zurechtzufinden. Mit ihren Geschwistern konnte sie nicht reden, denn die sprachen nur Polnisch.

Alodia konnte sich dunkel daran erinnern, dass sie noch eine Schwester namens Daria hatte. Sie waren ja gemeinsam in Litzmannstadt, im Kinderheim in Kalisz und in dem Lebensborn-Heim in Bad Polzin gewesen. Dort hatte man sie getrennt.

Nun hatte ihre Mama einen Brief bekommen, Daria sei auf dem Weg nach Hause, müsse aber in Katowice abgeholt werden.

Daria – mit ihr wurde das Leben für Alodia in dem neuen Zuhause leichter. Weil Daria auch Deutsch sprach, konnten sie sich unterhalten, miteinander spielen und auch über das reden, was hinter ihnen lag.

Alodia träumte noch oft von ihrer deutschen Familie, und wenn sie morgens wach wurde, musste sie sich erst zurechtfinden.

Ein neuer Anfang

Wenn Alodia und Daria zusammen spielten oder irgendwo im Zimmer saßen und sich unterhielten, sprachen sie in der ersten Zeit immer nur Deutsch miteinander. Das war die Sprache, die sie verstanden, in der sie sich ausdrücken konnten. Ihre Mama tolerierte das, fand aber, dass sie auch wieder ihre Muttersprache lernen müssten, Polnisch. Ebenso sprach sie mit ihren beiden Töchtern darüber, dass sie wieder zur Schule gehen, etwas lernen und Freundschaften mit anderen Kindern aufbauen sollten.

Alodia wurde für die vierte Klasse angemeldet, Daria für die dritte. Der Unterricht lief an ihnen vorbei, ohne dass sie etwas verstanden. Wie denn auch? Polnisch war für sie immer noch eine Fremdsprache! Einzig in Mathematik konnten sie mithalten.

Doch die Sprachschwierigkeiten waren das kleinste Übel. Auf dem Weg zur Schule oder in den Pausen wurden sie von den anderen Kindern gemobbt.

»Da gehen die deutschen Schweine!«, riefen die Kinder hinter den beiden Schwestern her.

Ja, Alodia und Daria fühlten sich noch als Deutsche. Schließlich hatten sie einen großen Teil ihrer Kindheit in dem Land gelebt und die Sprache gelernt. Sie hatten dort Eltern, Freundinnen und Freunde und waren dort auch zur Schule gegangen. Es waren schöne Erinnerungen an das Land. Aber Schweine? Nein, als Schweine fühlten sie sich nicht. Sie versuchten, das Gespött zu ignorieren, doch irgendwann bekam es ihre Mama mit.

»Die Deutschen«, erklärte sie ihren Töchtern, kam dann aber ins Grübeln, weil ihr das zu pauschal vorkam, also begann sie den Satz noch einmal neu. »Die Soldaten der deutschen Wehrmacht haben mit dem Krieg viel Leid über unser Land gebracht. Viele Familien haben Tote zu beklagen, aus anderen Familien wurden Menschen einfach verschleppt und mussten in deutschen Fabriken arbeiten. Und selbst vor Kindern hat man nicht haltgemacht. Aber das wisst ihr ja. So wie man euch entführt hat, ist es Tausenden Kindern ergangen. Deswegen haben die Menschen hier manchmal einen großen Hass auf das Land, das eigentlich ein schönes Land ist und in dem auch Menschen wohnen, die von den Nazis nicht begeistert waren.«

Sie machte eine Pause, schaute ihre beiden Kinder an und nickte. Hatten sie alles verstanden, was sie ihnen erklärte? Sie wusste es nicht, sie wusste auch nicht, mit welchen anderen Worten sie es hätte näherbringen können. Sie hatte sich ja selbst noch nicht von dem Grauen befreit, das sie in den vergangenen Jahren durchlebt hatte. Dazu kam noch der brutale Mord an ihrem Mann.

Damit die beiden Mädchen ihre Muttersprache lernen konnten, engagierte Halina eine Sprachlehrerin, zu der sie jeden Nachmittag mussten. Alodia und Daria lernten schnell und schon bald konnten sie dem Unterricht in der Schule besser folgen. Aber auch mit den anderen Geschwistern mussten sie nicht mehr mit Händen und Füßen reden, es gab wieder eine gemeinsame Sprache.

Alodia und Daria dachten oft an ihre deutschen Familien. Sie erzählten sich gegenseitig, wie es dort war, verglichen sie mit ihrer polnischen Familie, und manchmal bekamen sie sogar Heimweh nach Deutschland, nach Mutti und Papa. Schon bald beschlossen sie, Briefe zu schreiben. Sie wollten zeigen, dass sie sich in ihrem Heimatland, das ja zunächst mal ein Fremdenland war, wieder eingelebt hatten, die Sprache lernten, aber ihre deutschen Eltern trotzdem nicht vergaßen. Um ihre Sprachkenntnisse zu zeigen, verfassten sie ihre Briefe in Polnisch.

Dann warteten sie auf Antwort.

Alodia hatte Glück. Ihre deutsche Mutti hatte eine Frau gefunden, die ihr den Brief übersetzte, und so freute sie sich, von Alice zu hören.

Daria bekam keine Nachricht. Sooft sie auch schrieb und ihre deutschen Eltern bat, sich zu melden, ihr zu antworten, es kam nichts zurück. Das machte sie traurig, hatte sie doch so viel Zeit mit ihnen verbracht, sich dort eingelebt und sie lieb gewonnen. Warum meldeten sie sich nicht mehr? War ihnen irgendwas zugestoßen? Sie fand keine Antwort.

Alodia bekam Post. Sooft sie nach Stendal zu ihrer deutschen Familie schrieb, bekam sie Antwort. *Meine liebe Alice*, begannen die Briefe ihrer Mutti. Sie freute sich jedes Mal, dass es Alodia gut ging. »Ich hoffe, du hast die schwere Zeit jetzt hinter dir und kannst getrost in die Zukunft schauen.« Alodia freute sich, dass ihre Mutti so viel Verständnis hatte. Sie schrieb, bekam Antworten, in denen Päckchen mit Kleidung angekündigt wurden: »Ein warmes Kleid für den Winter ist dabei.« In einem weiteren Brief fragte Mutti nach der Farbe der Wolle, aus der sie ihr einen Pullover stricken wollte.

Daria war jedes Mal ärgerlich, dass sie keine Post bekam.

Die deutsche Mutti packte in ihre Päckchen aber nicht nur Dinge für Alodia ein, sie dachte auch an die Geschwister und hatte mal eine Hose, mal einen Rock oder warme Strümpfe für den kalten Winter eingepackt. Für Frau Dahl war das selbstverständlich, wollte sie damit doch einfach nur den Kindern, die sie nicht haben konnte, eine Freude machen. Für Halina Witaszek waren diese Päckchen immer sehr willkommen, weil es in den Nachkriegsjahren in Polen vieles nicht zu kaufen gab oder einfach auch kein Geld dafür da war.

Der Briefkontakt nach Deutschland riss nicht ab. Die Briefe der deutschen Mutti wurden länger, und Alodia stellte irgendwann fest, dass sie die Briefe nicht mehr lesen konnte, weil sie die Sprache verlernte. Sie, Alodia Witaszek, einstmals Alice Wittke oder Alice Luise Dahl, wie sie nach der Adoption hieß, die der deutschen Sprache mächtig gewesen war und nur diese Sprache verstanden hatte, konnte auf einmal die Briefe auf Deutsch nicht mehr lesen. Ihre Mama musste ihr beim Übersetzen helfen.

Dann kam ein Brief aus Deutschland, der sie überraschte und freute. Es war schon 1957, als die deutsche Mutti Alodia zu einem Besuch nach Deutschland einlud. Nach so vielen Jahren wollte sie sehen, was aus dem Mädchen von damals geworden war. Sie sei ja nun schon fast erwachsen, habe die Schule hinter sich und das sei doch eine Gelegenheit, ohne etwas zu versäumen, einen Besuch abzustatten. Die Fahrtkosten würden natürlich sie zahlen.

Alodia nahm die Einladung an, fuhr nach Deutschland und wurde für die Besuchszeit wieder zu Alice. Mutti und Papa waren ihr noch so vertraut, als seien seit ihrer Abreise damals bloß ein paar Wochen vergangen. Einzig die Sprache verstand sie nicht mehr. Wie gerne hätte sie ihnen über die vergangenen Jahre erzählt, all das, was sie in den Briefen nicht schreiben wollte oder konnte, weil sie wusste, dass eine fremde Person den Inhalt übersetzen würde. So waren ihre Gefühle unausgesprochen geblieben. Und nun war es die fremde Sprache, die ihr einen Riegel vorschob.

Die größte Überraschung aber war, dass ihre deutschen Eltern anboten, sie könne in Deutschland studieren. Sie würden für alles aufkommen und hier habe sie doch sicher bessere Chancen für eine solide Ausbildung.

Alodia wusste nicht, ob sie das Angebot annehmen sollte. Gerne wäre sie geblieben, hätte den Kontakt zu ihren deutschen Eltern durch ihre Anwesenheit neu belebt. Sie fühlte sich, auch nach all den Jahren, immer noch wohl bei ihnen.

Dass sie sich schließlich für ein Studium in Polen entschied, lag vor allem daran, dass sie die deutsche Sprache nicht mehr beherrschte. Hinzu kam, dass sie in Polen einen Freundeskreis hatte und eine klare Vorstellung davon, wie es mit ihr weitergehen sollte.

Sie tat sich schwer, das Angebot auszuschlagen, doch sie war sicher, dass ihre deutschen Eltern die Entscheidung verstehen würden.

Alodia mit ihrer deutschen Mutti Luise Dahl. Vorne die beiden Kinder von Alodia, Bogna und Jedrzej, aufgenommen 1969 während des Besuchs ihrer deutschen Mutti in Posen.

Nach diesem ersten Besuch hat Alodia einmal im Jahr ihre deutsche Mutti und den Vater in Stendal besucht.

Sie besuchte ihre deutsche Familie auch noch, als sie verheiratet war und Kinder hatte. Ihr Sohn Jedrzej und ihre Tochter Bogna freuten sich immer auf die Besuche bei den Großeltern in Deutschland. Luise Dahl und ihr Mann betrachteten Alodias Kinder auch als *ihre* Enkelkinder, so wie sie Alodia auch als *ihre* Tochter sahen, die bei Besuchen in Deutschland weiter Alice hieß. Und so packte Luise Dahl auch für die Enkelkinder regelmäßig Pakete und schickte sie nach Polen.

Verdientes Glück

Das Leben der Familie Witaszek nahm, zumindest nach außen hin, einen normalen Verlauf. Halina hatte ihre Kinder wieder um sich, sie gingen zur Schule, lernten gut, hatten Freunde, und auch Alodia und Daria fühlten sich wieder in der Familie aufgehoben. Die polnische Sprache war bald wieder ihre Muttersprache.

Alodia freute sich, wenn sie Post von ihrer deutschen Familie bekam. Die deutsche Mutti und der Papa gehörten einfach zu ihrem Leben dazu.

Daria dagegen trauerte ihrer Familie in Österreich noch immer nach. Wie gerne hätte sie von ihnen ein Zeichen bekommen, irgendetwas, damit sie wusste, dass sie noch an sie dachten. Oft weinte sie über den Verlust ihrer deutschen Eltern. Sie hatten doch schließlich ein paar Jahre zusammengelebt! Wollten sie nun nichts mehr von ihr wissen? Sie kam sich vor wie ein abgetragenes Paar Schuhe, die man entsorgte.

Halina vermisste ihren Mann, trauerte um ihn. Wie gut hätte es ihr getan, die langen Abende mit ihm zu verbringen. Es wäre so viel einfacher gewesen, mit ihm gemeinsam die Zukunft anzupacken, zu planen, wie es weitergehen könnte, besonders mit den Kindern. Darüber dachte sie oft nach. Die Kinder standen für sie im Mittelpunkt.

Doch Halina war stark, hatte härtere Zeiten hinter sich als die, die sie gerade durchlebte. Ihre Brüder standen ihr zwar zur Seite, gaben ihr Ratschläge, doch das meiste machte sie mit sich selbst aus.

Seit einiger Zeit verfolgte sie einen Plan, den sie gerne umsetzen wollte. Sie wollte das Haus in Posen, in dem sie gewohnt hatten, wieder zurück. Es war schließlich ihr Eigentum, das im Krieg von den Deutschen beschlagnahmt und später von polnischen Familien bewohnt wurde. Offenbar wussten die Behörden lange Zeit nicht, dass Halina das Konzentrationslager Auschwitz-Birkenau überlebt hatte.

Ihre Bemühungen zeigten schließlich Erfolg. 1954 konnte sie mit ihren Kindern in ihr Haus in Posen einziehen. Was für eine Freude! Wieder die eigenen vier Wände zusammen mit den Kindern bewohnen zu können, war für sie eine große Befriedigung. Die beiden ältesten Töchter hatten zwar schon mit dem Studium begonnen, besuchten sie aber oft in dem Haus, an das sie nur noch vage Erinnerungen hatten. Die anderen gingen zum Gymnasium. Sie waren an ihren bisherigen Schulen gut gewesen, deswegen machte ihnen der Wechsel keine großen Probleme.

Halina freute sich, dass Alodia über all die Jahre hinweg so einen guten Kontakt zu ihrer deutschen Mutti und dem Papa hatte. Sie war der Familie Dahl unendlich dankbar dafür, dass Alodia es die ganze Zeit, in der sie dort war, so gut gehabt hatte. Das merkte sie immer wieder daran, wie liebevoll ihre Tochter über Mutti und Papa sprach.

Was waren das für Menschen in dem einst so verfeindeten Deutschland, die Alodia nicht nur Briefe schickten, sondern im Lauf der Zeit auch Päckchen, vollgepackt mit Kleidung für sie und ihre Geschwister?

Schon bald genügte es Halina nicht mehr, dass ihre Tochter sich für die Geschenke bedankte, sie griff selbst zu Papier und Stift und schrieb an die ihr unbekannte Luise Dahl. Sie bedankte sich, auch im Namen ihrer Kinder, für all die schönen und auch nützlichen Dinge, die die Frau geschickt hatte. Sie erzählte von ihrem Umzug nach Posen, davon, wie sie sich in der alten neuen Heimat wieder einleben mussten. Für die Kinder sei es leichter gewesen, doch für sie berge das Haus viele Erinnerungen an früher, an die glückliche Zeit mit ihrem Mann. Um nicht in Trauer zu versinken, werde sie es umgestalten, anders einrichten.

Die Antwortbriefe kamen prompt.

Im Laufe der Jahre entstand ein reger Briefwechsel, immer mehr Persönliches vertrauten die beiden Frauen sich an. Die Sorge um und für die Kinder stand meist im Mittelpunkt. Luise Dahl fragte häufig, welche Kleidung die Kinder brauchten, sie fragte nach Größen und Lieblingsfarben, packte Benötigtes in einen Karton und schickte ihn ab.

Sie sorgte sich aber auch um Halina, hoffte, dass ihr nicht alles zu viel sei, sie solle auch an sich denken. Selbst Krankheiten, die ihnen die Tage manchmal schwer machten, wurden von beiden nicht ausgespart. Luise Dahl schickte, sorgfältig zwischen Kleidungsstücken verstaut, die von Halina notwendig gebrauchte Medizin, die sie in Polen entweder nicht bekam oder für sie unerschwinglich war.

Halina ihrerseits war eine große moralische Stütze für Luise Dahl, wenn Alodias deutsche Mutti von ihren Krankheiten schrieb. Als ehemalige Arztgattin und mit der ganzen Erfahrung aus ihrer Krankenbetreuung in Auschwitz konnte sie Zuversicht vermitteln, dass sie bei entsprechender Behandlung und Pflege, für die sie ebenfalls Ratschläge wusste, wieder gesund würde.

Luise Dahl wollte aber auch, trotz der großen räumlichen Distanz, am Leben der Familie Witaszek teilhaben. So erzählte Halina ihr regelmäßig vom Alltag ihrer Kinder, welche Fortschritte sie, besonders in der Schule, gemacht hatten, dass sie, seit dem letzten Brief, wieder gewachsen seien. Sie schrieb ihr von den Kinderkrankheiten und von einer Grippewelle, die alle erwischt habe. Luise Dahl regte an, mit den Kindern ans Meer zu fahren, Seeluft täte ihnen bestimmt gut. Und zwischen den Zeilen las Halina, dass die sich sorgende deutsche Brieffreundin gerne bei den Wanderungen am Meer mitlaufen würde.

Wie oft hatten sie sich schon geschrieben? Was hatten sie sich schon alles mitgeteilt? Hatten sie je etwas ausgelassen, Freude, Kummer und Sorge ausgespart? Lag es an der Distanz, dass die beiden Frauen so offen miteinander umgingen?

Nein, es war nicht die Distanz, das merkte Halina schon bald, und sie glaubte auch, dass Luise Dahl ihr gegenüber ehrlich war. Sie hatten Vertrauen zueinander gefunden, sonst hätten sie nicht ihrer beider Leben in dieser Offenheit ausgebreitet. Sie waren nicht nur Brieffreundinnen, sondern richtige gute Freundinnen geworden.

Damit, was Luise Dahl in einem ihrer Briefe schrieb, hatte Halina schon fast gerechnet. Es war im Jahr 1969.

Alodia war seit ihrem ersten Besuch nach dem Abitur jedes Jahr einmal nach Deutschland gefahren, hatte Mutti und Papa besucht, war wieder durch ihre alte Heimat gestreift, auch später noch, als ihr Mann und ihre Kinder sie begleiteten. Bei jedem Besuch hatte sie den Wunsch der Mutti gespürt, gerne selbst einmal nach Posen zu reisen, um Alodias Mama und die Geschwister kennenzulernen. Auch in Briefen an Halina hatte sie das schon angedeutet, aber nie offen ausgesprochen.

Halina hatte ebenfalls das Bedürfnis, ihre deutsche Freundin kennenzulernen. Sie sah für sich aber keine Chance, ein Visum für einen Aufenthalt in Deutschland zu bekommen. In Gedanken hatte sie sich manchmal vorgestellt, wie es wäre, mit Alodia gemeinsam nach Deutschland zu fahren. Doch wie realistisch war das?

So schön sich der Gedanke auch anfühlte, er ließ sich einfach nicht umsetzen. Halina hatte eine Familie, fünf Kinder, die zum Teil noch auf Unterstützung angewiesen waren. Sie musste arbeiten, eine Reise nach Deutschland

Luise Dahl (links) und Halina Witaszek (rechts), aufgenommen bei dem Besuch in Posen 1969

schied da aus. Das konnte sie sich bei ihrem Lohn einfach nicht leisten.

Nun fragte Luise Dahl ganz direkt an, ob sie nach Posen kommen dürfe. Sie wolle nicht nur Halina, sondern auch ihre Kinder gern persönlich kennenlernen und natürlich freue sie sich besonders, Alice, die gemeinsame Tochter, wiederzusehen. Ja, so sah Luise Dahl das: Alice/Alodia war die gemeinsame Tochter. In all ihren Briefen war sie immer bei dem Namen Alice geblieben.

Halina antwortete sofort. Sie freue sich sehr auf den Besuch und bedauere, Luise nicht selbst eingeladen zu haben. Sie habe nicht einschätzen können, ob sie der deutschen Freundin diese Reise zumuten könne.

Luise Dahl beantragte ein Visum, hatte, noch bevor es erteilt wurde, schon den Koffer gepackt, Geschenke besorgt, und nachdem alle Formalitäten geregelt waren, trat sie die Reise an.

Mit großer Vorfreude erwartete Alodia ihre deutsche Mutti. Wie würde sie sich mit ihrer polnischen Mama verstehen? Würden sie, nach all den Jahren Brieffreundschaft, nun bei ihrer Begegnung zu Konkurrentinnen werden?

Alodia ließ sie nicht aus den Augen, beobachtete sie. Aber Alodia musste sich keine Gedanken machen. Diese zwei Frauen, ihre polnische Mama und die deutsche Mutti, waren wirklich Freundinnen. Stundenlang saßen sie zusammen, redeten, weinten und lachten miteinander.

Es war ein angenehmes Gefühl für Alodia, den beiden Frauen zuzuschauen, zuzuhören, zu beiden eine tiefe innige Beziehung zu spüren und zu wissen: Ich habe zwei Mütter.

Epilog

Alodia Witaszek hielt den Kontakt zu ihren deutschen Eltern bis zu deren Tod aufrecht. Regelmäßig kam sie, als sie verheiratet war, auch mit ihrem Mann und den Kindern zu Besuch, verbrachte unvergessliche Tage und Wochen mit ihnen. Sie waren ihr so vertraut wie ihre leibliche Mama. Weil sie bei diesen Besuchen auch ihre Sprachkenntnisse wieder aufbesserte, war es möglich, mit Mutti und Vater wirklich über alle wichtigen Dinge zu reden, ohne Einschränkungen durch die Sprache.

Daria Witaszek, ihre jüngere Schwester, trauerte über viele Jahre ihren Pflegeeltern in Österreich nach. Sie hatte schöne Erinnerungen an die Zeit, war von Mama und Papa geliebt, umsorgt worden, hatte als einziges Kind im Mittelpunkt der Familie gestanden. Dass sie bald die deutsche Sprache beherrschte, in der Schule eine gute Schülerin war, dass sie in ihrer neuen Heimat schnell Freundinnen gefunden hatte, das alles lag an der Zuneigung der Eltern. Sie hatten alles für ihre Tochter getan.

Wenn Daria sich an die Zeit erinnerte, spürte sie noch immer dieses wohlige Gefühl. Für sie waren es glückliche Kinderjahre gewesen, aber ein Glück, das von den Eltern nie mehr bestätigt wurde. Warum meldeten sie sich nicht bei ihr, so wie es Alodias Eltern aus Deutschland taten?

Sie gehörten doch zusammen, nicht im Traum, sondern auch in Wirklichkeit, sie hatten sich doch lieb gehabt, oder? Warum ...? Mit diesem Wort fingen ihre Fragen an, auf die sie nie eine Antwort bekam.

Halina Witaszek trauerte lange Zeit um ihren Mann. Nachdem sie von seinem Tod erfahren hatte, war es für sie selbstverständlich, dass seine sterblichen Überreste bestattet werden mussten. Ehemalige politische Gefangene aus Posen, die sich zusammengeschlossen hatten, organisierten die Beisetzung. Da sein Körper unauffindbar war, wurde sein Haupt, zusammen mit den Häuptern der anderen Hingerichteten, am 25. November 1945 auf dem Heldenfriedhof in Posen beigesetzt.

Halina erfuhr, dass nicht nur ihr Mann, sondern die ganze Widerstandsgruppe durch den Verrat eines Mitglieds zunächst lange Zeit von der örtlichen Gestapo bespitzelt und schließlich auf Anweisung der Berliner Gestapo verhaftet worden war.

Auf Einladung insbesondere durch das Maximilian-Kolbe-Werk und das bischöfliche Ordinariat in Mainz steht Alodia Witaszek seit vielen Jahren besonders Schulklassen und Studenten für Vorträge als Zeitzeugin zur Verfügung. Dann spricht sie über ihre Kinderjahre, schildert ihre Erinnerungen an die verschiedenen Stationen ihrer »Eindeutschung«, ergänzt sie durch Informationen, die sie von anderen Zeitzeugen und auch aus der Literatur hat. Sie mahnt ihre Zuhörerinnen und Zuhörer, kritisch zu sein und nicht irgendwelchen Ideologien hinterherzulaufen, die oft in die Irre führten. Geschichten wie ihre und die Zehntausender anderer Kinder dürften sich nicht wiederholen.

Am Ende ihrer Ausführungen erklärt sie, dass ihre Mütter keinen König Salomon für ein Urteil benötigten, wem nun die Tochter zustehe. Beide Mütter hätten sich für sie entschieden und so habe sie zwei Mütter gehabt.

Nachwort

Was geschah nach dem Krieg? Wer wurde zur Verantwortung gezogen, was wurde aus den Kindern?

Die Verantwortlichen aus dem Rasse- und Siedlungshauptamt sowie die aus dem Verein »Lebensborn« mussten sich im Rahmen der Nürnberger Prozesse verantworten. Die Mitarbeiterinnen und Mitarbeiter von »Lebensborn« beriefen sich darauf, dass diese Heime karitative Einrichtungen gewesen seien und man von dem ihnen zur Last gelegten Kinderraub in nicht bezifferten Fällen nichts gewusst habe. Sie wurden alle als nicht schuldig freigesprochen. Die zur Verantwortung gezogenen Mitarbeiter des Rasse- und Sicherheitshauptamtes hat das Gericht dagegen zum Teil zu mehrjährigen Haftstrafen verurteilt, sie wurden allerdings vorzeitig aus dem Gefängnis entlassen.

Für die meisten Kinder blieb die Situation nach dem Krieg ungeklärt. Viele von ihnen waren bei ihrer Entführung noch zu jung gewesen, um sich später an ihre polnischen Wurzeln zu erinnern. Bei anderen war eine Rückkehr in die Heimat oft deswegen ausgeschlossen, weil deutsche Behörden, die nach dem Krieg wieder zuständig waren, während der Nazi-Zeit an dem Kinderraub mitgewirkt hatten. Die Rückwege hatten sie vorsorglich verschleiert, weshalb sich die echten Familien der Kinder nicht mehr ermitteln ließen. In allen Fällen mussten die leiblichen Eltern und die polnischen Behörden nachweisen, dass die Kinder während der NS-Zeit geraubt wurden.

Doch auch wenn die Rückkehr in die Heimat gelang, war das für die geraubten Kinder nicht einfach. Sie wurden dort als »Feindkinder« beschimpft.

Vielen wurde ihre wahre Identität erst im Erwachsenenalter bekannt und bewusst. Sie fordern noch heute ihre Anerkennung als Opfer des Nationalsozialismus.

Doch der deutsche Staat tut sich schwer damit. Ein Antrag auf Entschädigung, der von einem Betroffenen beim Bundesfinanzministerium – damals noch unter der Leitung von Wolfgang Schäuble – eingereicht wurde, lehnte man dort mit folgender Begründung ab: »Das Schicksal betraf im Rahmen des Kriegsgeschehens eine Vielzahl von Familien und diente der Kriegsstrategie. Es hatte nicht in erster Linie die Vernichtung oder Freiheitsberaubung der Betroffenen zum Ziel, sondern deren Gewinnung zum eigenen Nutzen. Hierbei handelt es sich um ein allgemeines Kriegsfolgenschicksal.«

Kinderraub ist kein Phänomen ausschließlich aus der Zeit des Nationalsozialismus. Nachweislich gab es ihn erstmals im Osmanischen Reich, wo er als Knabenlese bezeichnet wurde.

Aber gerade auch im 20. Jahrhundert gab es in den verschiedensten Regionen der Welt Kinderraub und Zwangsadoptionen. In Australien wurden in der Zeit zwischen

1910 und 1970 etwa 100 000 Kinder aus den Familien der Ureinwohner entführt und in Adoptivfamilien oder Waisenhäusern untergebracht. In Österreich ließ Kaiserin Maria Theresia Kinder aus Roma-Familien entführen und gab sie zur Adoption frei. Auch in Norwegen hat man in den 1960er-Jahren Roma-Kinder entführt und an norwegische Familien vermittelt. In der DDR entführte man Kinder aus Familien der Zeugen Jehovas. Während der Zeit der Militärdiktatur in Argentinien (1976–1983) verschenkte man mehrere Hundert Kinder von Oppositionellen, die entweder in Haft waren oder als Verschwundene galten, an Familien des Militärs. In Nigeria entführt die Terrororganisation Boko Haram Hunderte Kinder. Sie werden entweder aus den Schulen geholt oder den Eltern entrissen.

Folgende Motive lassen sich für Kinderraub erkennen:

1. Im Krieg soll durch den Raub von Kindern der Feind geschwächt werden.
2. Geraubte Kinder sind ein willkommener Zuwachs der eigenen Bevölkerung. Sie sollen integriert und angepasst werden. Jungen sollen zu Soldaten erzogen werden, Mädchen für den gewünschten Nachwuchs sorgen.
3. Der Raub von Kindern wird in vielen Fällen auch als »Rettung« der Kinder betrachtet. Sie sollen von der Religion ihrer Eltern abgebracht werden und die neue, einzig wahre Religion ihrer neuen Herren annehmen.

Die UN-Kinderrechtskonvention, die 1990 in Kraft trat, sieht ausdrücklich den Schutz und das Wohl des Kindes in allen lebenswichtigen Bereichen vor. So ist im Artikel 8 der Konvention festgelegt, dass jedes Kind ein Recht auf Identität hat, in Artikel 5 wird das Elternrecht festgeschrieben, und Artikel 9 hebt ausdrücklich hervor, dass ein Kind nicht gegen seinen Willen von den Eltern getrennt werden darf.

Kinderrechte sind Menschenrechte – allerdings sind wir weit von der Einhaltung dieser Rechte entfernt. Es bedarf des Engagements jedes Einzelnen, sich für mehr Menschlichkeit einzusetzen. Folgende Organisationen bieten dafür Möglichkeiten:

Amnesty International: https://www.amnesty.de/
Terre des Hommes: https://www.tdh.de/
Gesellschaft für bedrohte Völker: https://www.gfbv.de/
Pro Asyl: https://www.proasyl.de/

Glossar

Aktion T4: Damit wird die systematische Ermordung von mehr als 70 000 Menschen mit geistiger, körperlicher oder seelischer Behinderung während der NS-Zeit bezeichnet. »Lebensunwertes Leben« sollte im Sinne einer Rassenhygiene komplett vernichtet werden. Diese Massenermordungen wurden auch unter der Bezeichnung »Aktion Gnadentod« vollzogen. Die Tötungen fanden, nachdem man es im Lager Fort VII in Posen getestet hatte, u.a. mit Kohlenmonoxid statt. Die Bezeichnung T 4 ist die Abkürzung der damaligen Zentralstelle in Berlin, Tiergartenstraße 4.

Arbeitskommando: Häftlinge sind in Konzentrationslagern zu Arbeiten in den unterschiedlichsten Bereichen verpflichtet worden. Dazu wurden sie in Gruppen aufgeteilt, die in der Lagersprache »Arbeitskommando« hießen.

arisch: Der Ursprung dieses Begriffs liegt in Indien und Persien und wurde als Eigenbezeichnung dieser Völker verwendet; das ursprüngliche Wort »ayra« – der Edle – wurde von den Nationalsozialisten eigenwillig und wissenschaftlich nicht haltbar für die Beschreibung der in ihren Vorstellungen existierenden nordischen Rasse verwendet, die frei von fremdem Rassenerbgut sei. Als fremd galten von daher Juden, Sinti und Roma; sie wurden als Teile der slowakischen Völker betrachtet und galten als Angehörige einer minderwertigen Rasse. Ferner wurden alle Menschen aus nicht-europäischen Ländern als nicht-arisch und somit als minderwertig eingestuft. Die nordische Rasse war nach Ansicht der Nationalsozialisten die am höchsten entwickelte Rasse; damit wurden die Verbrechen gegen alle anderen Rassen gerechtfertigt. Ein Ariernachweis für Beamte wurde bereits am 7. April 1933 durch ein entsprechendes Gesetz gefordert, von dem Bestandteile in weitere Gesetze, Verordnungen und Erlasse übernommen wurden.

Der Stürmer: von Julius Streicher 1923 in Nürnberg gegründete antisemitische Wochenzeitung. Besonders durch sexuelle Denunziationen versuchte die Zeitung, den Leser davon zu überzeugen, dass »der Jude« die »nordisch-germanische Rasse« schädige; ferner gab es Berichte über eine sogenannte »jüdische Weltverschwörung«; ab 1940 wurde die Polizei angewiesen, Bilder »jüdischer Rassenschänder« an die Redaktion zu schicken, aber auch die Bevölkerung war angehalten, bei der Zeitung »besondere Vorkommnisse« zu melden. Bis zu siebenhundert Leserbriefe, zum Teil mit Fotos, wurden täglich eingereicht; als »besondere Vorkommnisse« galt auch, wenn Bürger mit ihren jüdischen Nachbarn einen Spaziergang machten. Zwischen 1935 und 1938 lag die wöchentliche Auflage der Zeitung bei geschätzt 700 000 Exemplaren; die letzte Ausgabe erschien im Februar 1945.

Deutschbalten: deutschsprachige Minderheit im heutigen Estland und Lettland; hatten nach der Einwanderung im 12. Jahrhundert großen Einfluss auf Religion, Sprache und Kultur und stellten einen Großteil des Adels und Großbürgertums bis ins 19. Jahrhundert. Im 2. Weltkrieg siedelten sie nach Deutschland über; heute gibt es nur noch eine Minderheit deutschsprachiger Balten in Estland und Lettland.

Effektenlager: Die Nazis nannten die geraubten Besitztümer der Häftlinge in den Konzentrationslagern »Effekten«. Diese wurden in Häusern/Räumen gelagert, von Häftlingskommandos sortiert und verpackt. Anschließend wurden sie nach Deutschland geschickt und an die Bevölkerung als Kleider-, Winter- oder auch Weihnachtsbeihilfe verteilt. Das Effektenlager wurde in der Lagersprache auch »Kanada« genannt. Kanada galt als ein sehr reiches Land und in den Effektenkammern wurden die Reichtümer der Gefangenen gelagert.

Fort VII: trug während der Zeit des Nationalsozialismus auch die Zusatzbezeichnung »Vernichtungslager«. Von der Geheimen Staatspolizei wurde es, zumindest vorübergehend, als »Konzentrationslager Posen« bezeichnet. Es diente als Übergangslager in andere Gefängnisse oder

Konzentrationslager, war gleichzeitig aber auch eine Hinrichtungsstätte. Hier fanden im Rahmen der Aktion T4 Probevergasungen an psychisch Kranken statt, Heinrich Himmler ließ sich im Dezember 1939 persönlich die Wirkungsweise der Vergasungsmethode vorführen. Nach bisherigen Schätzungen starben hier, entweder unter den erschwerten Haftbedingungen, durch Folter oder durch Hinrichtungen, zwischen 10000 und 15000 Menschen, von denen nur 479 namentlich bekannt sind.

Gestapo: Abkürzung für »Geheime Staatspolizei«; sie entstand kurz nach Hitlers Machtergreifung am 30. Januar 1933 und wirkte bis zum Kriegsende im Mai 1945. 1939 wurde sie in das Reichssicherheitshauptamt eingegliedert. Sie war die »politische Polizei« während des Nationalsozialismus, hatte sehr weitreichende Machtbefugnisse, gegen politische Gegner vorzugehen, und war berüchtigt für ihre brutalen Folter- und Verhörmethoden. Im Rahmen der Nürnberger Prozesse wurde sie als verbrecherische Organisation eingestuft.

Ghetto Litzmannstadt: war von 1939 bis 1944 jüdisches Ghetto und diente den deutschen Besatzern als Zwischenlager für die weitere Deportation in die Vernichtungslager Kulmhof, Auschwitz, Majdanek, Treblinka und Sobibor. Per Zwang wurden hier bei der Einrichtung des Ghettos etwa 160000 jüdische Menschen einquartiert, etwa 60000 Juden lebten schon auf dem Gebiet des

Ghettos, 100 000 Juden aus den anderen Stadtbezirken mussten dort auf engstem Raum eine Unterkunft finden. Das Gelände war mit Mauern und Stacheldraht umgeben, SS-Wachmänner auf extra eingerichteten Wachtürmen hatten Schießbefehl, wenn jemand zu flüchten versuchte. Auf Flucht stand grundsätzlich die Todesstrafe. Innerhalb des Lagers waren ein Jugendverwahrlager und ein Zigeunerlager abgetrennt; viele Bewohner des Ghettos starben an Unterernährung, an Krankheiten und im Winter an Erfrierungen. Die deutschen Besatzer delegierten alle organisatorischen Aufgaben an die »jüdische Selbstverwaltung«, die einerseits den Betrieb von Schulen regeln konnte, andererseits aber auch Bewohner für die Zwangsarbeit rekrutieren und Listen für die Deportation in dic Vernichtungslager erstellen musste.

Groß-Rosen: deutsches Konzentrationslager in Niederschlesien, heute Polen, liegt etwa 60 Kilometer südwestlich von Breslau; wurde im August 1940 als Nebenlager von Sachsenhausen eingerichtet; ab April 1941 eigenständige Verwaltung. Häftlinge wurden in Steinbrüchen zum Abbau von Granit eingesetzt, Betreiber war die »Deutsche Erd- und Steinwerke GmbH«. Von 1940 bis zur Auflösung 1945 waren dort ca. 130 000 Menschen inhaftiert, rund 40 000 von ihnen wurden ermordet.

hippokratischer Eid: benannt nach dem griechischen Arzt Hippokrates von Kos; Arztgelöbnis, das als Grundlage ärztlicher Ethik dient; wird heute in dieser Form nicht mehr abgelegt; in ähnlichem Wortlaut gilt nun die Genfer Deklaration des Weltärztebundes; beide enthalten Handlungsgebote für den Arzt, z. B. Kranken nicht zu schaden, ärztliche Schweigepflicht, Verbot sexueller Handlungen an Patienten etc.

in den Draht gehen: Alle Konzentrationslager waren mit elektrisch geladenen Stacheldrahtzäunen umgeben. Häftlinge, die das Lagerleben nicht mehr ertrugen, nahmen sich das Leben, indem sie den Zaun anfassten und durch den Stromschlag starben.

Kanada-Baracken: »Kanada« wurden in der Lagersprache die Baracken oder Blocks genannt, in denen die Nazis Wertsachen, Kleidung und all die Dinge lagerten, die die Menschen aus ihrer Heimat mitgebracht hatten. Der Begriff »Kanada« wurde von den Häftlingen deswegen gewählt, weil Kanada in ihren Augen ein reiches Land war. Allein in Auschwitz-Birkenau gab es 60 Kanada-Baracken. Die Nazis bezeichneten diese Baracken als Effektenlager.

Kapo: Der Ursprung des Begriffs ist unklar, beschönigend wird oft »Kameradschaftspolizei« angenommen. Näher liegt der Begriffsursprung im Italienischen, wo mit »il capo« der Anführer oder das Oberhaupt bezeichnet wird. Kapos waren Funktionshäftlinge in Konzentrationslagern, die als Mitarbeiter der Lagerleitung andere Häftlinge beaufsichtigen mussten. Die SS wählte für diese Posten nur solche Häftlinge aus, die sich durch besondere Brutalität anderen gegenüber auszeichneten. Dafür hatten die Kapos bestimmte Privilegien wie bessere Verpflegung und wurden selbst auch nicht körperlich gezüchtigt. Durch ihren Gehorsam der SS gegenüber glaubten sie ihr eigenes Überleben im Lager retten zu können. Und für die SS war wichtig, dass Befehle skrupellos durchgesetzt wurden. Kapos waren im Lageralltag an ihrer Armbinde sowie einem Stock oder einer Peitsche zu erkennen, die sie bei sich trugen. Sie führten die Aufsicht über die Arbeitskommandos. Einem Kapo waren meist hundert Häftlinge unterstellt. Kapos, die während ihrer »Arbeit« Häftlinge totschlugen, wurden dafür von der Lagerverwaltung nicht bestraft.

Karzer: ursprünglich eine Arrestzelle an Universitäten und Gymnasien, die noch im 20. Jahrhundert als »pädagogische« Freiheitserziehung für Schüler und Studenten zulässig war; auch im hier gegebenen Zusammenhang bei den Nazis wurde das Einsperren in einen Karzer, eine Arrestzelle, als pädagogische Maßnahme betrachtet.

Lebensborn: Der Verein »Lebensborn e.V.« wurde am 12. Dezember 1935 in Berlin gegründet. Hintergrund war, dass besonders Heinrich Himmler von der Idee besessen war, eine arische Rasse hervorzubringen. So wurde in der Satzung als Aufgabe formuliert: »Rassisch und erbbiologisch wertvolle werdende Mütter unterzubringen und zu betreuen, bei denen nach sorgfältiger Prüfung der eigenen Familie und der Familie des Erzeugers anzunehmen ist, dass gleich wertvolle Kinder zur Welt kommen, für diese Kinder zu sorgen, für die Mütter der Kinder zu sorgen.« Vorwiegend ledige schwangere Frauen, die die Voraussetzungen erfüllten, entbanden in einem meist fernab des eigenen Wohnorts gelegenen Heim des Vereins. Dies galt auch und besonders für »arische« Frauen, die von einem verheirateten »arischen« Mann schwanger waren. In diesen Fällen blieben die Väter anonym, sodass deren Ehefrauen von der Vaterschaft nichts mitbekamen. Weil uneheliche Geburten als Schande galten, erklärte Himmler, dass für alle unehelichen Kinder »guten Blutes« nationalsozialistische Vormünder gefunden würden, da die Väter der Kinder im Krieg gefallen seien. Lebensborn-Heime übernahmen es zu Beginn des Krieges, auch die geraubten Kinder aus Ost-Europa zu betreuen, um sie auf die Aufnahme in eine Pflege- oder Adoptivfamilie vorzubereiten. Das erste Heim von Lebensborn wurde in Steinhöring in Oberbayern eröffnet, später gab es auch Heime in anderen Landesteilen, im Laufe des Krieges sogar im besetzten Polen, in Norwegen, Belgien, Frankreich und Luxemburg. Lebensborn-Heime waren als Entbindungsheime sehr gut ausgestattet.

Litzmannstadt: Die polnische Stadt Lodz wurde 1940 zu Ehren des preußischen Offiziers Karl Litzmann umbenannt, der nach seiner Militärlaufbahn in der NSDAP politisch aktiv wurde. Als Alterspräsident hatte er noch das letzte frei gewählte Parlament der Weimarer Republik eröffnet.

Lysol: Desinfektionsmittel, das, mit Wasser verdünnt, als Reinigungsmittel dient; Lysol findet sich auch als Bestandteil in Raumsprays; wurde früher auch zur Prophylaxe gegen Infektionskrankheiten angewandt.

Mädchenorchester: Es bestand aus jungen weiblichen Häftlingen, die musikalisch begabt waren, ein Instrument spielen konnten und vor dem sicheren Tod durch Arbeit oder in der Gaskammer bewahrt werden sollten. Dirigentin war Alma Rosé, die Nichte des Komponisten Gustav Mahler. Maria Mandl, eine der gefürchtetsten SS-Aufseherinnen im Frauenlager, befürwortete das Orchester, weil sie selbst auch Musikliebhaberin war. Die Musikerinnen mussten, so wollte es der Lagerkommandant, beim Ein- und Auszug der Arbeitskommandos spielen, denn die Gefangenen sollten im Gleichschritt marschieren. Auch wenn Häftlinge neu ankamen, spielte das Orchester. Außerdem sorgte es für einen guten Eindruck, wenn hohe SS-Funktionäre von außerhalb das Lager besuchten. Aber auch SS-Männer, die klassische Musik liebten, ließen sich Privatkonzerte geben. Einer von ihnen war Josef Mengele. Mitglieder im Mädchenorchester waren unter anderem Anita Lasker-Walfisch, Fania Fénelon und Esther Bejarano.

Mitigal: ist ein Mittel zur Läusebekämpfung, das als Salbe, wie es in Auschwitz angewendet wurde, auf der Haut desinfizierend wirkt.

Mittelbau-Dora: im August 1943 von der SS eingerichtetes Außenlager des Konzentrationslagers Buchenwald; wurde als »Arbeitslager der Waffen-SS« bezeichnet. Die deutsche Rüstungsindustrie ließ dort unter Tage Waffen produzieren, vor allem die »V2«-Rakete und die »V1«-Flugbombe; die Häftlinge wurden für den Ausbau und den Betrieb der unterirdischen Rüstungsfabrik »Mittelwerke GmbH« eingesetzt; mehr als 60 000 Häftlinge waren dort interniert, 20 000 von ihnen überlebten die Arbeits- und Lebensbedingungen nicht.

Morgenappell: Im militärischen Bereich versteht man darunter formierte Versammlungen von Truppenteilen. In Konzentrationslagern während der Zeit des Nationalsozialismus dienten die Appelle zur Überprüfung der Vollständigkeit der Häftlinge sowohl morgens beim Morgenappell als auch abends nach dem Arbeitseinsatz beim Abendappell. Oft wurden die Gefangenen durch lange andauernde Appelle schikaniert. Der längste Appell in Auschwitz dauerte zwanzig Stunden.

Nürnberger Prozess: Gegen die Hauptkriegsverbrecher fand vor dem Internationalen Militärgerichtshof in Nürnberg ab Herbst 1945 der Prozess statt. Dieser Internationale Militärgerichtshof wurde von den alliierten Streitkräften eingerichtet. Historisch gesehen ist er der Vorläufer des Internationalen Gerichtshofs in Den Haag. Nach dem Prozess gegen die Hauptkriegsverbrecher fanden bis zum 14. April 1949 zwölf Nachfolgeprozesse gegen führende Repräsentanten aus der Zeit des Nationalsozialismus statt, so auch gegen Mitarbeiterinnen und Mitarbeiter des Rasse- und Siedlungshauptamtes der SS, die maßgeblich für den Raub der Kinder verantwortlich waren.

Osmanisches Reich: Das Osmanische Reich bestand vom 13. Jahrhundert bis 1923. Es war ein Staat mit vielen Völkern, der nicht nur die heutige Türkei umfasste, sondern durch Eroberungsfeldzüge auch den Norden von Afrika, Griechenland, die Balkanländer sowie große Teile von Rumänien und Ungarn sowie Arabien. Im 19. Jahrhundert ging der Einfluss der Osmanen zurück, nach dem 1. Weltkrieg wurde das Osmanische Reich aufgeteilt. Die Republik Türkei wurde gegründet, Kemal Atatürk war der erste Präsident.

Phenol-Injektion: Phenol, auch als Karbolsäure bezeichnet, ist als Industriechemikalie ein Zwischenprodukt zur Herstellung diverser Kunststoffe und wirkt stark giftig. Von dem Lagerarzt Endres in Auschwitz für eine gezielte Injektion ins Herz als Tötungsmethode für arbeitsunfähige Häftlinge entwickelt, starben die Menschen durch die Spritze ins Herz binnen kurzer Zeit; die Oberscharführer Josef Klehr und Herbert Scherpe führten zum großen Teil diese Einspritzungen durch; mehrere Zehntausend Menschen wurden auf diese Weise ermordet.

Rasse- und Siedlungshauptamt: Als Rasseamt wurde diese Behörde bereits 1931 gegründet; sie war zuständig für Rassenuntersuchungen und Ehegenehmigungen bei Angehörigen der SS. Später wurde sie Rasse- und Siedlungsamt genannt. Zusammen mit dem Reichskommissariat war sie zuständig für die »Festigung deutschen Volkstums« und die Ausarbeitung des »Generalplans Ost«. Die Behörde übernahm die Aufgaben der Rassenselektionen in den besetzten Gebieten.

Ravensbrück: größtes Frauenkonzentrationslager auf dem ehemaligen Gebiet des Deutschen Reiches; wurde 1938/39 von der SS in der Gemeinde Ravensbrück nördlich von Berlin eingerichtet. 1000 weibliche Häftlinge mussten ab Mai 1939 unter Zwang das Lager ausbauen; zwischen 1939 und 1945 waren 132 000 Frauen und Kinder dort interniert, die SS-Wachen ermordeten nach Schätzungen bis zu 90 000 von ihnen. Die Frauen wurden zur Zwangsarbeit verpflichtet und mussten u.a. auch für SS-eigene Wirtschaftsbetriebe arbeiten, z.B. für das Bekleidungswerk der Waffen-SS, die Deutsche Versuchsanstalt für Ernährung und Verpflegung, die Deutschen Ausrüstungswerke, die Gesellschaft für Textil- und Lederverwertung. Zwangsarbeit mussten die Gefangenen auch für die Firma

Siemens & Halske leisten; an alten und kranken Frauen wurden Euthanasieaktionen durchgeführt, in Lagerbordellen wurden Frauen zur Prostitution für männliche Häftlinge aus einem nahe gelegenen Lager gezwungen, andere mussten ihre Dienste SS-Mannschaften zur Verfügung stellen. Viele der Frauen waren politische Gefangene, sie waren Sozialdemokratinnen und Kommunistinnen, nur wenige waren jüdische Häftlinge. Im Laufe des Krieges kamen auch viele tschechische, polnische und russische Frauen ins Lager; viele Frauen wurden Opfer medizinischer Versuche; am 27. und 28. April 1945 räumten die SS-Mannschaften das Lager; mehr als 20000 Gefangene wurden auf den Todesmarsch geschickt; am 30. April befreite die Rote Armee das Lager, 2000 Frauen gab es da noch, die für den Todesmarsch zu schwach waren.

Repatriantenzug: Repatrianten sind Menschen, in der Regel Kriegsflüchtlinge, Kriegsgefangene oder Vertriebene, die in ihre Heimat, meist in eigens dafür bereitgestellten Zügen, zurückgeführt, also repatriiert werden.

Sachsenhausen: 1936 im Ortsteil Sandhausen der Stadt Oranienburg eingerichtetes Konzentrationslager; diente als Ausbildungsort für KZ-Kommandanten und Bewachungspersonal; 1941 Einrichtung einer Massenerschießungsanlage, in der mehr als 15000 sowjetische Kriegsgefangene ermordet wurden. Etwa 200000 Häftlinge aus über vierzig Nationen arbeiteten während der Existenz des Lagers in rund 100 Außenlagern, darunter vielen Rüstungsbetrieben; Krankheit oder Arbeitsunfähigkeit waren mit dem Todesurteil gleichzusetzen; 1942 wurden ein neues Krematorium und eine Genickschussanlage gebaut, in der bis zu 60 Gefangene gleichzeitig hingerichtet werden konnten. Ende April 1945 wurden die verbliebenen Häftlinge in Gruppen von jeweils 5000 auf den Todesmarsch geschickt, weil die Rote Armee im Anmarsch war.

Sauna: einstöckiges Backsteingebäude in Auschwitz-Birkenau. Es diente als Desinfektionsanlage bei der Aufnahme von deportierten Menschen, die im Konzentrationslager Auschwitz zur Arbeit verpflichtet wurden. Hier mussten sie zunächst ihre Kleidung ablegen, wurden dann entweder heiß oder kalt geduscht und man entfernte ihnen die Kopf- und Körperhaare. Anschließend bekamen sie ihre Häftlingskleidung und wurden als »Zugang« registriert. Dabei wurden Name, letzter Wohnort, Angehörige sowie der Beruf in einer Karteikarte festgehalten. Ebenso ihre Häftlingsnummer, die sie an dieser Stelle bekamen.

Selektion: Selektionen fanden während der Kriegsjahre in allen Konzentrationslagern statt. Gefangene, die entweder zu alt, zu jung, krank, zu klein oder behindert waren, wurden ausgesondert und ermordet; die ersten Selektionen fanden bereits bei der Ankunft der Gefangenen statt; in der Regel führten Ärzte diese Selektionen durch und entschieden, wer für die Arbeit im Lager bestimmt war, alle anderen wurden, meist am gleichen Tag, ermordet. Es fanden aber auch unter denen, die arbeiten mussten, Selektionen statt. Viele waren nach kurzer Zeit entkräftet oder krank und konnten den Anforderungen nicht mehr nachkommen; meist im Rahmen des Morgenappells wurden sie dann herausgenommen und in die Gaskammern geschickt. Oftmals gab es auch völlig willkürliche Selektionen, Karteikarten mit Häftlingsnummern und Namen wurden wahllos aus einem Karteikasten gegriffen; für die betroffenen Menschen bedeutete das den Tod. Ferner gab es Selektionen, wenn Gefangene für bestimmte Arbeiten in einem anderen Lager gebraucht wurden. Ausgezogen, die Kleidung zusammengefaltet auf dem Kopf, mussten sie in langen Reihen auf den Arzt an der Spitze zugehen, der durch eine Handbewegung über Leben und Tod entschied. Besonders Frauen versuchten sich in solchen Situationen Blut, dass sie sich durch eine kleine Verletzung zufügten, auf die Wangen zu reiben, um einen frischeren Gesichtsausdruck vorzutäuschen.

SS: Die beiden Buchstaben stehen als Abkürzung für »Schutzstaffel«. Diese nationalsozialistische Organisation war schon während der Weimarer Republik, besonders aber während der Zeit des Nationalsozialismus die Verbindung, die der Partei NSDAP und auch Adolf Hitler selbst als Herrschafts- und Unterdrückungsinstrument diente. 1925 wurde sie von Adolf Hitler in München als »Leib- und Prügelgarde« gegründet. Die Schutzstaffel (SS) war maßgeblich an der Planung und Durchführung von Kriegsverbrechen sowie Verbrechen gegen die Menschlichkeit beteiligt – mit Fokus auf dem Holocaust. 1945 wurde die Organisation verboten.

Tracheoskopie: Spiegelung der Luftröhre; d.h. mithilfe einer Röhre in die Bronchien schauen können und ggf. Fremdkörper entfernen; besser bekannt unter der Bezeichnung »Luftröhrenschnitt«, der zur Sicherung der Atmung angewandt wird.

Ungarn-Aktion: Die ungarischen Juden wurden bis zum Frühjahr 1944 weitgehend von der deutschen Vernichtungsmaschinerie verschont, weil sich das Land im Krieg mit Deutschland verbündet hatte. Ungarische Soldaten kämpften z.B. an der Seite der Deutschen Wehrmacht an der Ostfront. Im Frühjahr 1944 gab die ungarische Führung dem Druck der deutschen Regierung nach und akzeptierte, dass die ungarischen Juden ins Konzentrationslager Auschwitz deportiert wurden. Hitler wollte sein Hoheitsgebiet auch auf dieses Land ausdehnen und »judenfrei« machen. Außerdem hatte er es auf die Reichtümer dieser Bevölkerungsgruppe abgesehen, denn die ungarischen Juden waren zum Teil erfolgreiche Geschäftsleute. Von Mai bis Juli 1944 wurden etwa 430 000 jüdische Bürger von Ungarn nach Auschwitz deportiert, 300 000 von ihnen wurden dort unmittelbar nach ihrer Ankunft in den Gaskammern ermordet.

Visum: Ein Visum ist in der Regel eine Eintragung im Reisepass, die bestätigt, dass der Passinhaber in ein Land einreisen, durchreisen oder sich für eine begrenzte Zeit dort aufhalten darf. In den Nachkriegsjahren brauchte jeder, der nach Polen reisen wollte, ein Visum. Von deutscher Seite aus war es nicht jedem erlaubt, in dieses Land einzureisen, da es zum kommunistischen Machtbereich gehörte. Beamte und Mitarbeiter des öffentlichen Dienstes brauchten eine offizielle Genehmigung der vorgesetzten Dienststelle. Die Reisefreiheit in Polen, insbesondere ins westliche Ausland, war stark eingeschränkt. Es wurde befürchtet, dass insbesondere berufstätige Menschen nicht mehr zurückkehren würden. Ab dem Eintritt in das Rentenalter war es einfacher, ein Visum zu bekommen.

Namen

Bayer, Sydonia *1903 in Kwiatkowice, nach dem Abitur arbeitete sie zunächst bei der Polizei, später, nach der Besatzung, nahm sie die deutsche Staatsbürgerschaft an und arbeitete für einen deutschen Arzt; wechselte später in das Ghetto Litzmannstadt und war neben ihrer Funktion als Leiterin der Krankenstube auch Aufseherin in der Abteilung 6 im Kinder- und Jugendverwahrlager Litzmannstadt. Sie war bei den Kindern als brutale Frau gefürchtet; nach dem Krieg wurde sie verhaftet und wegen vielfachen Mordes zum Tode verurteilt; die Hinrichtung fand am 12. November 1945 in Lodz statt.

Frank, Hans *1900 in Karlsruhe, Rechtsanwalt; ab 1930 Mitglied im Reichstag und bis Juli 1942 Leiter des Reichsrechtsamtes der NSDAP. 1933–1934 bayerischer Justizminister; ab Oktober 1939 Generalgouverneur im besetzten Polen; betrieb dort planmäßig die Zerstörung des polnischen Kultur- und Geisteslebens. Für seine begangenen Verbrechen gegen die Zivilbevölkerung, insbesondere in den Ghettos von Warschau, Lemberg und Litzmannstadt, war er einer der Hauptangeklagten bei den Nürnberger Prozessen; für die ihm vorgeworfenen Verbrechen gegen die Menschlichkeit wurde er zum Tode verurteilt.

Göbbels, Josef *1897 in Rheydt; Studium der Germanistik und Geschichte, 1920 Promotion in Literaturwissenschaft; 1924 Gründer der NSDAP-Ortsgruppe Mönchengladbach; 1926 Gauleiter Groß-Berlin; 1929 Reichspropagandaleiter der NSDAP, von 1933 bis 1945 Reichsminister für Volksaufklärung und Propaganda und Präsident der Reichskulturkammer. Damit hatte er die Macht über Presse, Rundfunk, Film, Theater und Literatur. In der Kammer wurde entschieden, welche Filme gedreht, welche Theaterstücke gezeigt, welche Zeitungen erlaubt und welche Autoren verboten waren; er rief zum »Judenboykott« im In- und Ausland auf und hatte einen wesentlichen Anteil an den Pogromen in der Reichskristallnacht vom 9. auf den 10. November 1938. Um die Juden nicht nur aus Berlin, sondern aus ganz Deutschland zu vertreiben, ließ er 1940 einen Plan erstellen: Juden mussten, um nach außen hin erkannt und ausgegrenzt werden zu können, einen Stern tragen. In vielen seiner Reden forderte er ab 1942, als die Wehrmacht in der Sowjetunion nicht die Ziele erreichte, die er sich vorstellte, den »totalen Krieg«, das heißt den Einsatz aller menschlichen, materiellen und moralischen Kräfte. Er beteuerte bis zum Schluss den »Endsieg« der Wehrmacht, wie er es in der Wochenschau vom März 1945 nannte; seinen Selbstmord kündigte er allerdings schon im Februar 1945 an, als er sagte, bei einer Niederlage werde er mit seinen Kindern in den Tod gehen. Hitler ernannte ihn noch am 29. April 1945 zum Reichskanzler, einen Tag später begingen Hitler und Eva Braun Selbstmord. Am 1. Mai bat Göbbels in seiner neuen Funktion die Sowjetunion um einen Waffenstillstand. Stalin forderte aber eine bedingungslose Kapitulation. Göbbels beauftragte seine Frau, den Kindern Zyankali zu geben, danach beging das Ehepaar mit dem gleichen Mittel Selbstmord.

Himmler, Heinrich *1900; Mitglied der NSDAP; hatte eine große Machtfülle: Er war Reichsführer SS, Chef der deutschen Polizei, Reichskommissar für die Festigung deutschen Volkstums, später Reichsinnenminister und Befehlshaber des Ersatzheers. Er hatte die Kontrolle über die nationalsozialistischen Konzentrationslager, über den Inlandsgeheimdienst sowie über den Aufbau der Waffen-SS. Hitlers Ziel war die Ausrottung der europäischen Juden, Himmler war der Mann, der diese Pläne umsetzte. Die Waffen-SS stand ihm für diese Aufgaben zur Verfügung. Aber auch auf zahlreiche Gauleiter und andere hochrangige Nationalsozialisten konnte er bauen. Nach dem Einmarsch der Wehrmacht in der Sowjetunion erhielt er die Aufgabe, kommunistische Funktionäre und die »jüdisch-bolschewistische Intelligenz« auszuschalten. Innerhalb kurzer Zeit ließ er die gesamte jüdische Bevölkerung einschließlich Frauen und Kinder ermorden. Er kümmerte sich persönlich um diese Aufgaben und ließ sich täglich Bericht über deren Fortgang erstatten. Oft war er auch bei Massenerschießungen anwesend. Nach der bedingungslosen Kapitulation floh er am 11. Mai 1945, am 20. Mai wurde er von der britischen Militärpolizei verhaftet und nahm sich am 23. Mai in einem Verhörzimmer mithilfe einer Zyankalikapsel, die er ständig in einer Zahnlücke trug, das Leben.

Hössler, Franz *1906; gelernter Fotograf, trat 1932 in die NSDAP ein, wurde später Mitglied der SS; 1944 zum Obersturmführer befördert; ab 1933 Wachmann in Dachau. 1940 wurde er nach Auschwitz versetzt und dort zum Kommandoführer Gaskammern. Er hatte regelmäßig Dienst auf der Rampe und sagte zu den Menschen, die bereits vor der Gaskammer standen, Dinge wie: »Halten Sie nach dem Baden alle Lehrbriefe, Diplome, Schulzeugnisse und sonstige Dokumente bereit, damit wir jeden nach seinen Kenntnissen und Fähigkeiten einsetzen können.« Ab September 1942 befehligte er die Leerung der Massengräber und die Verbrennung von mehr als 100 000 Leichen, die in den Gaskammern ermordet worden waren, und diente auch als Schutzhaftlagerführer des Frauenlagers in Birkenau. Gegen Ende des Krieges hielt er sich in Bergen-Belsen auf; ein britisches Militärgericht verurteilte ihn im November 1945 zum Tode, die Hinrichtung fand im Dezember 1954 statt.

Hrabar, Dr. Roman: *1909 in Kolomyia / Ukraine; war Anwalt und in den Jahren 1947–1950 Beauftragter der polnischen Regierung für die Rückführung der geraubten Kinder. Er verstarb 1996 in Katowice.

Mandl, Maria *1912 in Münzkirchen/Oberösterreich; war 1938 Aufseherin im Konzentrationslager Lichtenburg in Sachsen; später, nach ihrer Beförderung, Oberaufseherin in den Konzentrationslagern Auschwitz-Birkenau und Ravensbrück. In Birkenau war sie einige Monate zuständig für das Frauenlager; hier wurde sie von den Gefangenen bald als »Die Bestie« bezeichnet. Sie wählte Gefangene für die Gaskammer aus und beteiligte sich an Misshandlungen; als Oberaufseherin schuf sie auch das »Mädchenorchester von Auschwitz«, das mit seiner Musik Appelle, Hinrichtungen und Gefangenentransporte begleiten musste. Für ihre »Leistungen« wurde sie mit dem Kriegsverdienstkreuz 2. Klasse ausgezeichnet; nach dem Krieg Flucht in die Alpen, der Vater verweigert ihr den Zutritt ins Elternhaus, darauf Unterschlupf bei der Schwester. Im August 1945 Festnahme durch die Amerikaner, Auslieferung an Polen; 1947 Prozess in Krakau mit Todesurteil. In der Urteilsbegründung wurde noch einmal ihre besondere Grausamkeit hervorgehoben, indem sie Gefangene, die bereits auf dem Weg in die Gaskammer waren, nochmals misshandelte.

Mengele, Josef *1911, Humangenetiker und SS-Hauptsturmführer, seit 1937 Mitglied der NSDAP. Er war vom 30.5.1943 bis 18.1.1945 in Auschwitz-Birkenau verantwortlich für die Selektionen, wer in die Gaskammer kam, und erforschte an Häftlingen die Wirkung von Genwirkstoffen, wobei er seine Versuchspersonen tötete und sezierte. Bevorzugte Forschungspersonen waren Zwillinge, Kleinwüchsige, Sinti und Roma. Er war verantwortlich für die Tötung von vielen Tausend Menschen. Nach dem Krieg floh er über Genua nach Argentinien, 1958 tauchte er in Uruguay auf, heiratete dort die Witwe seines verstorbenen Bruders und starb schließlich am 7.2.1979 in Bertioga/Brasilien. Für all seine Verbrechen wurde er nie zur Rechenschaft gezogen.

Muthesius, Hans *1885 in Weimar, Jurist; war ab 1917 Bezirksbürgermeister in Berlin-Schöneberg, ab 1919 Dozent an der »Sozialen Frauenschule« in Berlin und Mitarbeiter im »Deutschen Verein für öffentliche und private Fürsorge«; verfasste 1928 das lange geltende Standardwerk »Fürsorgerecht«. 1939 Eintritt in die NSDAP; hatte in verschiedenen Bereichen führende Funktionen, ab 1942 zuständig für die zentrale Verwaltung des Kinder- und Jugendkonzentrationslagers Litzmannstadt und anderer Lager. Tausende Kinder und Jugendliche starben hier an den Folgen von Unterernährung und Misshandlungen. Nach dem Krieg viele Jahre Vorsitzender des »Vereins für öffentliche und private Fürsorge«; 1953 ausgezeichnet mit dem Bundesverdienstkreuz und 1960 mit dem Stern zum Großen Bundesverdienstkreuz.

Pflaum, Hans *1910 in Bamberg, SS-Oberscharführer; war als Arbeitseinsatzleiter im Konzentrationslager Ravensbrück; nach dem Krieg wurde er zunächst von den

Engländern festgenommen und sollte vor Gericht gestellt werden. Ihm gelang jedoch die Flucht; 1949 wurde er von den Amerikanern festgenommen und an die Franzosen ausgeliefert. Wegen vielfachen Mordes wurde er im März 1950 vor ein Militärgericht gestellt und zum Tode verurteilt.

Pohl, Eugenie *1923 in Osarkow/Polen; hatte sich bei der Volksbefragung als Deutsche registrieren lassen und erhielt damit die deutsche Staatsbürgerschaft auf Widerruf; begann im Alter von 18 Jahren mit ihrer Arbeit als Erzieherin im Kinder- und Jugendverwahrlager Litzmannstadt; wurde dort stellvertretende Leiterin; nach dem Krieg konnte sie in Lodz untertauchen und war – vermutlich durch einen einflussreichen Beschützer – beim Einwohnermeldeamt unter dem Namen Eugenie Pol registriert. Sie lebte und arbeitete unbehelligt mitten in der Stadt, bis sie im Dezember 1970 verhaftet wurde. 1974 erging das Urteil u.a. wegen Mordes an einem 13jährigen Mädchen und anderer Verbrechen gegen die Menschlichkeit; 25 Jahre Haft lautete der Richterspruch, die sie wegen guter Führung nicht vollständig verbüßen musste.

Streicher, Julius: *1885 in Fleinhausen bei Augsburg; deutscher nationalsozialistischer Politiker und Publizist; ab 1925 NSDAP-Gauleiter in Mittelfranken; war Gründer und Eigentümer des Wochenblattes »Der Stürmer«. Er arbeitete bis zu seiner Dienstentlassung 1923 als

Volksschullehrer und hielt aufgrund seiner Funktionen in verschiedenen politischen Parteien und Organisationen schon früh Reden, die sich gegen Juden und Sozialisten richteten. Von 1932 bis 1945 Mitglied in der NSDAP-Fraktion im Reichstag; in seinen Reden während dieser Zeit sowie in den Beiträgen in der Wochenzeitschrift »Der Stürmer« wandte er sich gegen jegliche Form von Rassenschande – selbst einmalige sexuelle Kontakte mit Juden könnten die Seele eines Ariers zerstören. Im Nürnberger Prozess bestritt Streicher zunächst, überhaupt etwas von dem Genozid an der jüdischen Bevölkerung gewusst zu haben. Er sei lediglich ein Naturfreund gewesen, der Fremdes aus dem Land fernhalten wollte. Streicher, den das Gericht in der Urteilsbegründung als »Judenhetzer Nummer eins« bezeichnete, wurde am 1. Oktober 1946 wegen Verbrechen gegen die Menschlichkeit zum Tode verurteilt und am 16. Oktober 1946 hingerichtet.

Danke

Neben meiner Frau Bernadette, die mich bei meinen Recherchefahrten aktiv unterstützt hat, danke ich besonders auch Alois Bauer, Stephanie Roth und Katja Steiner, die mir den Weg zu Alodia Witaszek bereitet und mir während des Schreibens Antworten auf meine Fragen gegeben haben.

Ich bin sehr froh darüber, dass Alodia selbst das Manuskript sehr sorgfältig gelesen und bei Bedarf Korrekturen vorgeschlagen hat.